香港陶然新概念小说

赤裸接触

赤裸接触

陶然 著

马俐 插图

人物在虚幻中进入非现实的世界，灵异怪诞，耸人听闻，却在指向现实人生的真实处境。

上海古籍出版社

图书在版编目(CIP)数据

赤裸接触／陶然著．—上海：上海古籍出版社，2004．10
（香港陶然新概念小说）
ISBN 7—5325—3823—0

Ⅰ．赤…　Ⅱ．陶…　Ⅲ．短篇小说－作品集－中国－当代
Ⅳ．I247．7

中国版本图书馆 CIP 数据核字（2004）第 071803 号

香港陶然新概念小说
赤 裸 接 触
陶 然 著
世纪出版集团
上海古籍出版社　出版、发行
（上海瑞金二路 272 号　邮政编码 200020）
（1）网址：www．guji．com．cn
（2）E－mail：gujil@ guji．com．cn
（3）易文网网址：www．ewen．cc
新华书店上海发行所发行经销　上海古籍印刷厂印刷
开本 850×1156　1/32　印张 10　插页 2　字数 243，000
2004 年 10 月第 1 版　2004 年 10 月第 1 次印刷
印数：1—5，100
ISBN　7—5325—3823—0
I·1729　定价：19．50 元
如有质量问题，请与承印厂联系 T：64063949

导　言

走火入魔:陶然的魔幻世界

王　绯

陶然的小说之笔,时不时地会到"魔幻世界"里走一遭,似乎是要在那里练练自己审丑、审邪、审恶、审奇的功夫。

于是,我们便读到许多"魔幻世界"里神神道道的"邪乎"故事:"梦幻世界"中纠缠于恶梦、绮梦、奇梦、幻梦的百态人生;"大千世界"林林总总、无奇不有的世相世情。在此,陶然"都市情话"特有的唯美与纯粹"大变脸",他一下子跳出了美的圈定,弹跃到一个相反的极致,甚至站在"对抗美学"的边缘,进入丑学视域,为自己挑选了变形的深度滤镜戴在眼前。

这丑学范畴的变形滤镜,达成了哈哈镜或放大镜下透视人生世相的奇异效果,构成现代荒诞形式的魔幻文学经营。

在本册中,无论魔幻世界,还是梦幻世界,其实都是荒诞的文学世界。这里的荒诞,可理解为对现实正常逻辑秩序的一种颠倒,即依照一定的艺术创造逻辑,打破或改造生活常态,重新排列和结构生活秩序,比如《分身飞越万重山》在灵肉分身的荒诞逻辑下,让主人公飞魂到有分身术的白胡子爷爷面前,在那里得到一枚不仅能腾云驾雾,还能把魂送回其身躯的戒指，这个邪乎的魔幻故事所颠倒的就是灵肉合一的正常逻辑与人生常态；再如《阴间走一回》，写一桩命案死者的亲属为配合警方抓拿元凶，了解实情，在法师指引下进入地府去寻找被害冤魂，是通过打破生死界线，重新排列和结构阴阳生活秩序，来经营魔幻世界的故事。如此荒诞神奇的故事，犹如睁着眼睛的梦——以超经验的观念性世界，来反映经验性的现实世界，如《泄露天机》中传入主人公神经中枢向其透露股票名字的神秘电波，以及不断提醒他"这只股票明天下午会狂升"的"小女孩似的声音"，就是以超经验世界的所谓天机，反映经验世界中股民的"走火入魔"心态，与睁着眼睛做白日梦没什么两样；再看《五十岁后的梦境》、《医生死在绮梦中》、《老板椅上的白日梦》等，无一不是借助梦境重新结构生活秩序。之所以说魔幻/梦幻世界的荒诞像睁着眼睛的梦，是因为梦中人的自由思维和存在于纯意象里的感性直觉处于盲目、散乱、混杂的状态，毫无定性和连贯性，加之大脑在总体抑制时，局部的小兴奋灶无力把人的许多经验常识从储存状态中唤醒，所以梦中的逻辑推理变得极其幼稚和荒谬；梦中想像活动虽十分活跃，却因为失去清醒意识推动下想像活动的完整形态，造成梦中情节的稀奇怪异，梦中形象的光怪陆离，特别是梦中人显意识体系的松懈，使压抑在人潜意识区域里的内心希求——权欲、色欲、钱欲——很容易地释放出来。如此魔幻/梦幻世界的荒诞，构成了一种反切——以反常切入寻常，以特殊界切入普遍界，就好像把人们熟悉/熟知的事物放在哈哈镜前扭曲变形，使熟识变成陌生，将司空见惯的习俗心理置于高倍显微镜或 X 光下放大，从而现出异常，透视出本质；这种哈哈镜——显微镜/X 光式的惊世骇俗效应，无疑能令人从全新的角度看待和认识事物。

在陶然的魔幻世界、梦幻世界及大千世界里，处处可见这种神奇无比的哈哈镜——显微镜/X光的照映。

与唯美“情话”相比，陶然在魔幻/梦幻世界的荒诞笔墨泼洒得非常之开，可谓上天入地，左右逢源。稍稍注意就会发现，本册的故事总是被一种“金钱焦虑”死缠紧绕，因而，对这种统驭世道人心的永恒焦虑的剖示，成为陶然创作最精彩的部分。说到焦虑，不能不提起背叛了正统弗洛伊德主义的霍妮，正是这位女智者从儿童确信每件事、每个人都是潜在危险的体认中，发现了与人的社会经验（而不仅仅是性本能）系结在一起的“基本焦虑”。对于陶然而言，这个“儿童”是经过文化训练长成了真正的男人或女人之后，才投向他笔端的。在他或者她所跻身的那个为金钱主宰的资本社会里，似乎涌动着一股势不可挡的魔力/邪劲，直冲着霍妮的“基本焦虑”而去，其唯一的目标就是要从中转移和膨胀出更深更大的发财焦虑，诱逼着人拼上小命去拥抱金钱。也正是这金钱/发财焦虑，把出没于陶然故事的人物几乎一网打尽，他/她不是坠入金钱布置的陷阱，就是挣扎于为金钱焦虑折磨的深渊。比如，《钞票满天飞》里的惩教署职员尊尼，因为不知如何“拥有大把金钱”的焦虑而求相士指点迷津，随之鬼使神差地认定自己的财运在澳门，于是“尽携所有渡海博杀”，一夜之间便把本钱和高利贷输个精光，“平时对犯人呼呼喝喝”的他只能在押解回香港后任人羞辱；《倒贴一万元》中的推销员阿占，则不惜以自己的身体资源换取高额回报，最终落入恶人精心布置的陷阱，不仅没等到阔太“出价一万陪她一晚”的服务，反被招聘公司骗走了一万元；《狂想》里被酒楼辞退的阿成，虽有一个善解人意并能独力支撑家庭经济的妻子，却还是患了狂想症，金钱焦虑所导致的尊严焦虑摧毁了这个男人的正常精神。由此可见，金钱/发财焦虑已成为侵害世道人心的大患，其无可救药地构成对社会道德的严重扭曲，人类精神的大面积摧毁，使人或身不由己地坠入阴谋/陷阱，或自毁于生命不可承受之“财欲”，正是在这样的意义上，陶然的小说达成了“钱是王八蛋”的嘲讽或痛斥。

需要说明的是，陶然曾在社会主义新中国接受过高中和大学教育，那时，金钱是万恶之源；商品拜物教是资本主义制度的产物；金钱贪欲是资产阶级腐朽落后思想之体现……不仅作为真理，作为铁律，写在了理论/教科书上，而且通过学校教育为主的各种渠道化为一个时代的集体信奉。这信奉也是一种虔信，它所具有的纲举目张般的思想威力，直接体现在作为时代范本的中外文学史的阐释中。这样的思想启蒙和意识基础，在相当程度上决定了陶然坚持人至高无上的尊严对金钱的绝对反动。眼下，在经历了有中国特色的社会主义改革，亲临了商品经济大潮冲击，目睹了种种社会弊端和权力腐症之后，我们多少明白了新马克思主义理论家马克斯·韦伯为什么说——“资本主义精神和前资本主义精神之间的区别并不在赚钱欲望的发展程度上。自从有了人，就有了对黄金的贪欲”(《新教伦理与资本主义精神》)。面对人类这种几近“洞穴力量”的贪欲，陶然的否定与批判常常集中在“零结尾”的苦心经营。“零结尾”的说法，出自俄国及波兰语言学家杜恩·德·库尔特内，指故事中否定形式的一种结尾，之所以把这样的结尾冠以“零”，大约和俄文的否定形式特点——缺少词尾，即词尾等于零(没有)——有关。陶然很善于通过小说的“零结尾”，扩充和深化作品内涵，增强思想批判性，如《走出迷墙·遗产》中的“名模儿”嫁给长她25岁的千万富翁，新婚不到一个月便丧夫，办完后事清点家财时才知道“富豪”只剩下一个空架子，连富翁的房产都抵押给银行了——这一否定形式的结尾，将误认为有巨大财富的遗产变成零；《密码一六八》的男主人公把自己八月十六日的生日重新排列，日在前、月在后组合成的象征发财的数码“一六八”(即谐音“一路发”),不仅让他自视“钱”途在望,还真的在某个生日当天中了三千万六合彩头奖,只是好景不长,锁在保险柜的中彩巨款因为加封了极易破解的一六八密码,很快被人盗走,已成现实的黄金发财梦成了泡影,三千万变成一场空,一个零;《发字成零蛋》里的女主人公一心指望中六合彩发大财,虽然屡屡落空却斗志不垮,终于在一次开彩时喜中头奖,然而,在狂呼“我发达了”之后才发现自己把“8”错看成了“0”,一瞬间“空宝”便粉碎黄粱梦。

“零结尾”与不少短篇、微型小说汲取的相声创作中“先铺垫、后抖包袱”的手法,有着不同的出发点,后者意在制造悬念以诱人,前者力在经营否定以醒世。因而,陶然“零结尾”小说显示出“抖包袱”难以企及的警世批判力量,他常常让笔下走火入魔的小人物到黄粱美梦里“潇洒走一回”,等人类本性的金钱贪欲充分展示和扩张出来之后,再出人意外地打出各色“零结尾”,击碎其中那犹如“洞穴的力量”。这种对人类黄金发财梦的粉碎,可见新世纪严肃文学作家应恪守的批判意识,也反映出 21 世纪严肃文学发展的一种精神趋向。

所以,无论你读本册的魔幻、梦幻,还是大千世界,一定要注意陶然走火入魔故事的“零结尾”。

2004 年 6 月于北京

王绯:中国社会科学院文学研究所研究员、中国社会科学院研究生院教授。

目　　录

导言

一、魔幻世界

三、大千世界

一 魔幻世界

电脑情缘

本来也只是玩玩电脑而已，哪里想到竟会在互联网上找到一个对象。

起初也是好奇罢了，十七岁正值情窦初开的年纪。

开始也都是拘谨而有礼貌的电子邮件，一来二去似乎变得熟悉之后，彼此也就渐渐热情、狂放起来，俨如热恋中的小情侣。

只是没有见过面。

那个西门远在温哥华，隔着一个茫茫大洋，面目也是模糊的。只见过电脑上出现的相片，是一个颇为清秀的男孩，他正咧着嘴对她笑，在这个冬天里，笑得那么纯真，那么温暖。

是不是她就爱上了这张英俊的相片？

西门在电子邮件中絮絮地说："……我们注定有缘份，不然的话，相隔那么遥远，而且我们从来也没有见过面，怎么会通过电脑，而一见钟情呢？"

她不知道是不是一见倾心，有些感情连她自己也分不清楚。

一下子便好像和西门不可分割了，到底是什么原因？午夜梦回，她怔怔地发愣，辗转反侧却找寻不到那准确的答案。

这也是一种奇怪的现象，宇宙空间那么渺茫，怎么就会让我撞上他，而且他看上了我，我也看上了他。

如果不是用缘份来解释的话，只怕一切也无从说起。

她的心在炽热中也梦想着有那么一天，在飘雪的温哥华街上，或者在香港的尖东海旁，她与他见面的刹那该会是如何的情景。

她也曾经拿这个问题来问西门，西门的信字字句句清晰显现在屏幕上："……你知不知道，你知不知道，我等到花儿也谢了……"

嗯，是张学友的歌词。

西门没有正面回答她的问题，恐怕他也无法回答那细节，毕竟是还没有发生的事情，可以理解。而他的回答却又表达了一种盼望与她相见的热情，令她有些陶醉。

但是西门始终也没有时间来香港，她想飞去加拿大，父母又齐声反对："你现在就要面临会考了，不抓紧时间温习，去加拿大干什么？只要你读书读得好，不要说加拿大，环游世界都没有问题！"

她又不能对父母说，我爱上了一个电子邮箱中出现的男孩子西门……

这个时候她才明白，原来爱情是这么牵肠挂肚的痛苦，连见一面都无望，她该如何度过这些漫漫的长夜？

她本来以为隔一个大洋算不上是距离，如今交通工具那么发达，地球也变得小了，温哥华说去就去；哪里想到现实中竟困难重重。

仅凭电脑维持的没有见过面的爱情太过虚浮，她甚至看不到他真实的容貌，触不到他的体温，摸不到他的心跳。

她一惊，这个马西门，会不会只是一个虚幻的人物？

记忆消亡

他专心致志地操作家中的那部电脑，一向以来，这也是他的“至爱”了。

每天晚上，他把自己关在房间里，好像与电脑在秘密对话。他觉得电脑最好，跟电脑相处，毫无烦恼，不论你指令它干什么，它都会干脆利落地帮你完成。即使你发出错误的指示，它也不会发脾气，只是很固执很耐心地告诉你，请你重来。

电脑成了他的最好情人，哪像曼莉，动不动就大发雷霆。那种小姐脾气，实在不是一般人所可以忍受的。他稍微有些不忿，她便会从鼻孔里哼出声来：“你不高兴呀？不高兴拉倒！阿姐大把人追！”

也许香港女孩子给人宠坏了的缘故吧？人说香港阴衰阳盛，许多适婚男子都找不到老婆，只好向外地发展了……

只好忍了。

不过男子汉大丈夫也不能总是活得这般窝囊，忍无可忍，终究也会爆发出来。那天晚上本来吃晚饭看电影彼此开开心心，走在闹市，擦肩而过一个妙龄女郎，一阵香气扑鼻，他禁不住回头望了一眼。

完全是一种下意识的行动，不料给曼莉逮个正着，立刻便发难：“哼！你反了你！看到靓女，就这样神不守舍！我在你身旁你都这样，如果我不在，那还了得？”

他急忙争辩：“我没有那个意思，你讲一点道理好不好？”

曼莉提高嗓门：“好哇你，我还没有嫁给你，你就这样对待我，如果我真的嫁给你了，我还想活呀？”

这时人群围观而来，他唯有不吭声。但曼莉依然在骂："男人都是这样衰的，追的时候甜言蜜语，追到手了，便这样不理不睬，什么东西……"

观众中有个男人说："喂！小姐，你也不能这样一竹篙打翻一船人呀！"

"关你什么事，衰佬！"曼莉喝道。

他感到无地自容，觑了个空，连忙冲出人墙，径自走了。

从此也就没有再见到曼莉。

既然女朋友这么可怕，倒不如没有来得清静。曼莉？曼莉哪有电脑情人这般温柔？

已经是夜深人静时分，他的脑细胞十分活跃，他跟电脑难舍难分。

突然间，电脑在高潮中失灵，吓了他一大跳。在这以前，他从来没有想到，电脑也会有这样"不听话"的时候。

检查之下，他更骇然，原来所有的记忆系统也消失了，一切记录也都给洗掉了。

他的脑子一片空白：难道是电脑病毒？今夜正好是十三号又是星期五！

他有一种悲怆的感觉，一下子好像老了几十年。他站起身来，腰突地一闪，手竟抬不起来了。赶忙看急症，说是中风。

医生问起许多问题，他也都答不上来。他的思想好像在什么地方受到阻碍，再也不能像以往那样畅通无阻。

他没有了记忆。他甚至怀疑，他的脑子与电脑已经联网，不知不觉便共存亡了。

数 目 字

台风袭港，但风雨竟然不大。无端获得一天假期，不玩到尽兴怎对得起自己？

可是银包里空空如也，怎生出去？银行又关门，只好靠提款卡帮忙了。

他跑到楼下那家银行的自动柜员机前，把提款卡捅了进去，然后揿那六个号码。

稍微等一等，绿色的屏幕上出现字眼："密码不符，请取消重按。"

他揿了"取消"键，心中有点困惑：不对？我记得这个密码，怎么会不对？

脑海里立刻窜来那十个阿拉伯数目字，排列组合乱七八糟，这样排，好像对，那样排，也好像有道理。

呆了一会，想定一个数目，再把提款卡塞进去，狠狠揿下，定睛一看，那些字再次出现。又是不对。

他开始有些混乱了。

想了半天，很不甘心。再按。

那绿色屏幕上出现的字眼是："阁下已连续按错三次密码，为保障客户利益，提款卡暂由本行保管。"

天！也就说给没收了。

真是电脑大大胜过人脑。

他愕了半天，十分懊丧。怎么那密码总是记不回来了呢？

拿不到钱，还上什么街？回去回去，他这么一想，便提脚离去。忽然他怔住了，回去？我住在这一座大厦的几层几号房呀？想来想去，都没有什么头绪。

提款卡密码记不得了，连住在哪里也记不得了，此事也忒怪！

赶快打电话问问吧！不然的话，这可真是有家归不得，今天挂八号风球，难道就露宿街头？嗯，八号。咦，怎么不是十号？不是十二号，也不是五号，这风球？他发现自己对数目字愈来愈搞不清了。还是要打电话。电话号码呢？电话号码他也一个都不记得了。

这时他才省悟到，在日常生活中，人是那么样地与数目字有超乎寻常的密切关系，假如脱离了数目字，人便几乎不能生存。

但此刻他真的想不起任何与自己有关的数目字，忘记了也就是等于否定自身存在的价值，他拼命想要找回属于自己的那些符号，但竟无能为力。

只不过是十个数目字罢了，没想到怎么排法成了死结，他觉得自己的命运好像都掌握在它们手中。原来，人也只不过被一连串数目字控制罢了，一旦脑子出现什么故障，便会记不起自己。

他怀疑是一种声音使得他对于数字的记忆系统失灵，他唯一记得的，是八号风球的"八"字，却弄不明白它与其它的数目字到底有什么区别。

狂　　想

自从被酒楼辞退之后，阿成的精神陷入极度低落之中。

阿美安慰他："没关系啦，就当作休息一段时间，又不是等着钱开饭！"

他依然忧心忡忡："你说得倒轻松，我们虽然还没孩子，但是只靠你一个人……"

他摇摇头，不再说下去。

就算阿美可以独立支持家庭，但他堂堂一个男子汉，才三十几岁便要做个"家庭妇男"，无论如何也受不了。

是男子汉的尊严呀。

那些酒肉朋友装出羡慕的神色，很夸张地说："哗！成哥，你就威啦！阿嫂这么疼你，把你侍奉得好像皇上一样……"有的干脆就哼哼："喂，你有什么绝招，说来听听！"

他却认定，在骨子里，他们一个个都瞧不起他。

阿美却说："你管他们呀！你那些损友，有哪一个是好人？"

但这样下去，怎么受得了？

"这种事情，也急不得。"阿美说。

不急才怪呢！如今香港经济不景气，饮食业更加令人沮丧，想要再找一份工作，实在是谈何容易！

只好天天关在家里看电视。

阿美下班回来，大概是看他有些痴痴呆呆，便劝道："你也不能不出去透透风呀！"

他哼了一声："出去干什么？要是碰到他们，还不给他们取笑一顿？"

他连电话也不接了。

阿美虽然有些担心，但每天忙乱，也顾不得那么多了。

这一天下班回来，她见到他的眼睛发直，瞪着电视屏幕。

放下菜和肉，她说了一句：“你也该歇一会了，看电视也不能当职业呀！”

他突然把食指竖在双唇之间，“殊”了一声，然后凑近她身边压低声调：“我发现，电视机是监视全港男女的东西，一举一动都会给摄了进去……”

她吃了一惊：“你没有什么不妥吧？”

阿成很紧张地把她拉进厨房：“这里说话好，电视机拍不到我们的秘密……”

他说：昨天他光着上身看电视，今天便有个节目影射他……

“……如果不是这个电视机当叛徒，消息怎么会传得这么快？”他直直地望着阿美。

时差

是孤独中年还是哀乐中年，他也搞不清楚，只有每晚上网才是他最充实的时候。忽然便收到一封电邮，是他的名字，但发件人却不认识。美宝？这个名字太普通了，但他并不认得一个叫美宝的女孩子。你是不是打错网址？喂！洋葱头！你不要以为躲在香港就可以翻脸不认人了！、他一惊，年少时的绰号，他早就忘了，如今有如当头棒喝，记忆之流回涌，一切都变得历历在目；只是，没有美宝这个人。难道是改了名？什么改名？我英文名叫 Mabel，中文名叫美宝，从来就没有改过。我又不是逃犯，改什么改！你敢说不认识我？他努力回忆，是有 Mabel 这个人。在英文书院里大家都 Mabel、Mabel 地叫惯了，鬼还记得她叫什么李美宝！

起初也只是打发时间，她在异乡寂寞，他在香港也寂寞。但一来二往便陷入一种难言的情境，她对他了如指掌，可他对她却一无所知。他常觉得他在明里，而她却在暗里，这叫他有一种恐惧感，他生怕他最隐秘的心思也让她给洞悉了，午夜从绮梦中惊醒，翻身坐起，他总是满头大汗，心怦怦乱跳，他怀疑有一双炯炯目光在窥探。但没有，除了风声夜色，只有床头的闹钟嘀哒疾走，又有什么人了？但次晚便接到她的电邮：洋葱头！你好坏！这样的梦你都做得出来！他目瞪口呆，莫非她是女超人，能够感应世间的一切？最令他尴尬的是，不知他跟她在梦中缠绵的画面，会不会也给她透视得一清二楚？但他口中却强辩，没有的事……好在她也并不纠缠，只是嘻嘻一笑：你也忒胆小了！

好像受到无形的怂恿，他慢慢就变得张狂了。起初只是文字上的越轨，不知不觉就变成了心理上的陷落。晚上

他睡不着，甚至巴巴地拨长途电话过去，听到她的声音从大洋彼岸传了过来，带着睡意，朦朦胧胧如在耳畔呢喃，似远，还近，但却飘拂而过，永远没有一个具象可以把握。我的夜晚，你的早上，波士顿该是上午十一点钟你却还没有起床。人家困嘛，她的声音嗲嗲的，令他抓住话筒呆立半晌也说不出话来。这就是我认识的美宝吗？十五年前的李美宝干脆利落，哪会这般慵懒？是女人味吧？她咯咯乱笑，他想像她颤成了春风中的一树桃花。她在电话中说是吗是吗？他旁边的电脑便现出一张她电邮过来的相片，彩印效果不太清晰，但二十岁的李美宝的轮廓隐约还在。

莫非，这就叫做缘份，即使她跑到天涯海角，不经意便与他迎头相撞。

她说：等我回来，回来了以后，你我就没有时差了。

没有时差又怎么样？

噫……她拖长音调发了个拐弯的第三声，他恍惚见到她扭了两扭，你衰呀你！没有时差便是你和我拥有共同的白天和夜晚，你不寂寞，我也不寂寞，香港那么热闹……

他一阵心猿意马，并且开始倒数日子。

美宝在电邮中写道：我马上起飞了，明天晚上，你我就拥有共同的时间了！

有共同的时间，也有共同的生活了！他狂喜地那么一想，但觉此刻便是地久天长。

但时间过去了，美宝却毫无音讯。他等得焦躁，细细揣想着各种可能，猛然打了个冷颤，空难！他的脑海变得一片空白，等到定下心来，这才明白自己吓自己：这两天并没有飞机失事的消息。

美宝好像从此便在人间蒸发了似的，再也没有片言只语。迷迷糊糊睡去，在电脑前，他忽然成了"菜鸟"，原本想要 copy，结果却是 delete。乍醒朦胧照镜，他看到的是一张沧桑中年的脸。

怔忡良久，他忽然怀疑：到底有没有一个叫美宝的人存在过？

2002 年 8 月 1 日

相命油灯下

路过庙街的时候，那蹲在街边的相士叫住他："这位哥哥，你印堂发黑，恐怕会有不吉利的事情发生……"

明秋在心里暗暗大骂：这个江湖骗子呀，要骗钱倒也还罢了，为什么要这样咒我？但他骂不出口，而且隐藏在他内心深处的诡秘好奇心，已经猛然地给挑动起来了。

宁可信其有，不可信其无。小心驶得万年船。且听这相士如何说，也没有坏处。

他踱了回去，坐在相士的对面。

那盏油灯的火舌，晃过来又晃过去，阴沉沉地在那相士的脸上跳灵魂舞。他只觉得那相士瘦长的脸，一会凸现一会消失地闪烁着，好像是个不能把握的幽灵，在向他宣示着不可预知的命运。

突然，那相士的眼神炯炯地射了过来，有如两道利刃，刺得他不由自主地一缩。精光四射，不太像凡人的眼睛。莫非这真是个"半仙"？

他却听不清楚相士喃喃了什么，心神恍惚中，忽听得一声暴喝："……天机不可泄露，你好自为之！"

他一惊，连连追问："求半仙指点一条明路……"

相士叹了一口气："你命中该遭此劫，避也避不掉。我只赠你一个字：忍！"

相士说，只要忍，便可以逢凶化吉，不然的话，恐怕连性命也要赔上了。

他一阵迷糊，心事重重地离去。那相士收了钱，也不再说什么，径自打盹去了。

那样子，真有些像世外高人的模样。而自己是凡人……

他立刻便被彻底击败了。虽然他对自己说，那只不过是江湖骗子满嘴喷粪，不必理会；但是又有另一声音告诉他："你好自为之！"

怎么个好自为之？他也不知道。只好兵来将挡，水来土掩了。而今也还摸不清那凶险如何出现，防卫得再怎么严密，终究也是纸上谈兵。

浑浑噩噩又过了几天，生活一切正常，也并没有像相士所预言的那样：半夜有人在家门外凄厉地叫唤他的名字。相士直瞪着他的眼睛，好像要把什么信息深深钉进他的灵魂似的，沉沉地，几乎一字一字地说："……不管什么情况，你都不要应声，更不可以开门。切记切记！"

还给了他一道灵符，嘱他贴在大门上。"……只要你照做，我保你没事……"

灵异之说，他原本并不信。但到了这般境地，他再也不能无动于衷。

他太太见他一连几夜都张皇失措得辗转反侧，而门外却一点动静也没有，半夜便"噌"地一声，坐了起来，开灯斜看着他："怎么啦你这是？男子汉大丈夫，几句话就给吓怕！我看你这个德性，不给吓成性无能才怪哩！"

他才顿时想起，自从见过半仙之后，他确实全无欲念，睡在床上，连碰也没有碰过她。

以往，他每晚都缠着她，难怪她反应这么强烈。

不过，那阴影挥之不去，没有好的环境和好的心情，他哪能说上就上？

何况即使不能真正入睡，几夜下来，他也迷迷糊糊朦朦胧胧似梦非梦不知身在何处，总是有个声音在喃喃响起，好像有点凄厉，又好像有点诡秘。在暗夜中强睁眼睛，听着他太太均匀的呼吸声，他不由自主地望了过去，太太的面容美丽安详，抚慰他的心缓缓堕入梦境边缘。忽地一惊，太太怎么变成了那相士？

他惊叫一声顿时吵醒了他太太，她睁着惺忪的双眼，怒气冲冲地叫道："你发癫是你的事，不要吓死我！"

次晚他疑云重重赶回庙街找那相士求救，那摊位上坐着卖尼泊尔饰物的中年小贩，很不耐烦地斜着眼睛对他说："什么相士？坐在这里的，从来就是我！"

咬死的是灵魂

他总觉得自己与众不同。

那回去露营，男男女女都给蚊子咬得一塌糊涂，他看着他们大腿上红肿的一块块，纳闷地说："怎么就不动我？"

阿美没好气地扔下一句："因为你的血太酸！"

他还愣了半天，望着自己青筋突出的血管，差一点就要割破它滴血尝一尝。

去西贡海湾游泳，鲨鱼咬死一个泳客，他却安然无恙，他又不禁想起阿美的那句话。莫不是我袁承天的血真是酸的，连食人鲨也躲得远远的？

他为自己的不能随俗而感到苦恼。要是鲨鱼咬的是自己，怕就没有什么烦恼了吧？刚这么一想，却又吃了一惊。啊呀当然不好，世界多新奇，世界真美妙，我才二十二岁我还没有活够，让鲨鱼给咬死？多冤！

只不过他看周围的人，总是觉得格格不入。看到不顺眼的事情，他忍不住要出声。阿美就劝过他："你不要太执著了好不好？人家都不好，就你一个完美？别太天真了！"但他却想不通。

明知不对，难道还要不言不语甚而至于同流合污当作自己什么感觉也没有？这不是有些昧着良心黑白颠倒是非不分？

阿美的嘴角泛起诡秘的笑纹："怪不得你换了几个工作，都和周围的人合不来……"

她说：你不要以为你是正义先锋。

她说：你不要老是当出头鸟。

她说：你不要以为你不要什么……

不要什么？不知道。这个阿美讲话怎么这样高深莫测？她说你不是生活在真空，别人怎么样你就怎么样，不要以为没有了你地球便不转了……

我有这样想过吗？他的头在发胀。是不是我有些不正常？她说你看不惯很多事情，你很正常，只不过大家都不正常，唯独你一个人正常，所以你便成了不正常……

是神经病吧？他无聊地瞟了报纸一眼，忽然吓了一跳，鲨鱼咬死的，竟是他袁承天！

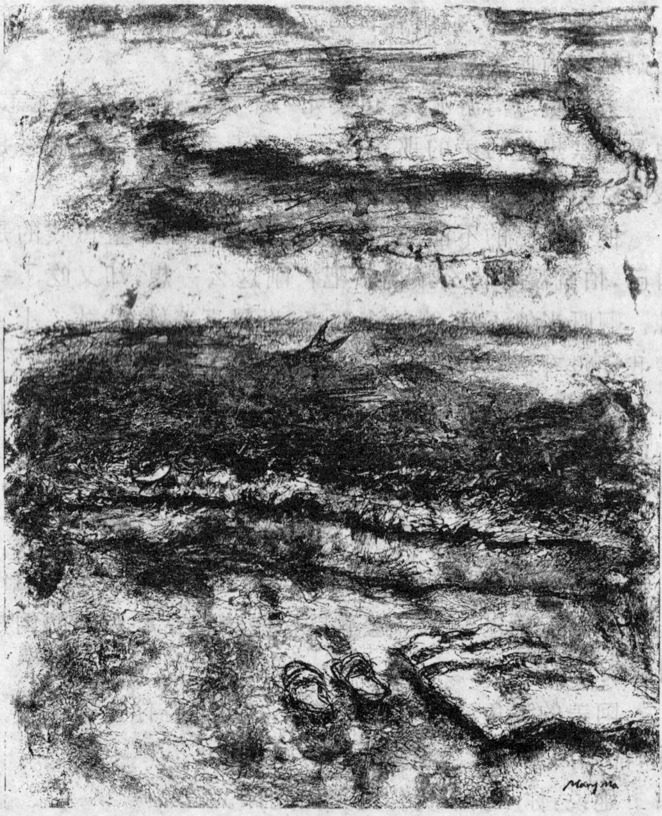

泄露天机

这几个晚上，启源老是半夜无端从梦中惊醒，他还听见自己的心跳，怦怦怦怦，好像就在那寂静的深夜里，一下一下地重击，如锤。

心房被震荡，甚至有些透不过气来的感觉。他闭上眼睛，眼前金星乱冒，一阵混乱之后，又恢复平静，心境澄明，好像有个什么声音，在悄悄地告诉他一个什么重大的秘密。

但他总也接收不到那诡异的讯息。

只好再度躺了下去，他只觉得浑身疲累，好像刚刚经历一场大搏斗一样，身子连再动一下都乏力，还来不及去想什么，他便迷迷糊糊地被睡神攫走了。

是一场昏死似的酣睡。

这情况周而复始，令他有些慌张。

总是不够睡，次晨醒来无精打采，坐在办公室里，一不小心便打瞌睡，头一点，半身倾斜，还好没有被别人发觉，倒是自己吓了自己一跳。

有一回甚至给老板逮个正着，当众冷冷地奚落他："喂，姚生！现在是工作时间，不是睡觉时间！"

老板转身便走了，女秘书安妮姐撇撇嘴笑道："怎么啦？晚上到哪里去泡呀？去兰桂坊喝酒，还是去尖东唱卡拉OK?"

众人听了，一齐放声大笑。

他知道他们一个个都不怀好意。一向以来，他们都欺负他，只因为他反应比别人慢半拍。安妮姐甚至在背后说他"IQ零蛋"，但他听了也就算了。他承认自己的确不像他们那样聪明伶俐，他很自卑，又怕给他们讥笑，惟有尽量躲着他们走。

他安慰自己说：难得糊涂。他甚至也想安慰自己说：大智若愚。只不过他没有这个胆量。

但再蠢也不能这样出尽洋相，他决心去找医生看看。

医生的听筒，在他的胸前后背听了个上上下下，终于说："没有什么太特别，只不过你的呼吸声似乎比一般人沉稳，好像很有主张㖞……"

说了等于没说，还是去做脑部扫描吧。

没有肿瘤，而且脑部活动十分活跃。

他疑惑地望了望医生，连脑部活动情况都可以照得出来？这真他妈邪门了！

那医生怪怪地看着他，哼了一声："你不信？不信拉倒！我干嘛要强迫你相信？相信就是不相信，不相信就是相信，讲来讲去，一样的结果！"

他越听越糊涂。讲的是什么呀，这医生？是医生，还是玄学家？怎么这么高深莫测？

但也只好垂头丧气地回家了。

晚上睡到半夜，又是心跳如重锤，他明明感到有一种神秘的电波频频传到神经中枢，起初也是紊乱的，慢慢的就清晰起来：那不是股票的名字吗？

奇怪的是，他从来不曾留意过股市，如今传过来的信息，不但重重复复那股票的名字，而且还有一个小女孩似的声音不断地提醒：这只股票明天下午会狂升，你上午买啦！后天下午抛出去……

醒来后他将信将疑，但对这类东西他向来抱着"宁可信其有，不可信其无"的态度，他果然按照吩咐，小数目地买了一点。结果……假如倾尽所有孤注一掷，那就发达了！

但是那些同事听了，全都大笑不已："喂喂，姚先生，假如你都有这样的第六感觉的话，我们就该有第七感觉、第八感觉了！你吹牛也不是这么吹吧，要我们信你也容易，你中一次六合彩头奖，那我们就拜你做大佬！"

一言为定！他晚上早早上床，希望求出那六个号码，以便自己扬眉吐气。又是心跳如锤，他正自欢喜，那小女孩的声音却变得冰冷："你泄露天机，不跟你玩了！"

从此，他一上床便睡如死猪，不再有什么异样。

火光幻觉

他的脑子里一片空白，连眼前的黑夜，也化作一片白茫茫，没有任何色彩。

只有两个声音在剧烈交战，你进我退，我进你退，好像势均力敌，不分胜负。

天使说：你快点去自首吧！不要一错再错了，只要你悔罪，灵魂仍然可以拯救。

魔鬼说：你快点逃跑吧！一走了之，什么事情也没有，不然的话，这辈子有你好受的！你今年贵庚呀？要不要付出十几二十年蹲铁窗的代价呀？到时，你恐怕也未必有命走出来呼吸自由的空气……

思维在极度矛盾中一片惨白，良知与私欲此起彼伏，他总也抓不住一个恰当的主意。

只有幻觉接二连三地出现。

那夜空中恍惚闪耀着电光，接着便是闷雷炸开，狂风骤起，沙沙沙地作响，但雨却没有来。

怎么天气依然闷热得像要爆炸一样？

冤魂不散哪……

也真是怪自己一个把持不定，财色当前，不能硬起心肠，沾上了也就洗不脱了。

该是酒后乱性吧，嘉芙莲的媚眼流转，在他想像中竟幻成了莎朗史东。性感女神在抱，他所有男子汉的机能昂然亢奋，这时再也没有什么可以阻隔他的勇往直前，连最后一丝的理智也一闪而灭。

酒醉其实也是三分醒，不然的话他也不会这般疯狂这般颠三倒四。

只不过当一切归于平静，他却有些后悔：品味怎么这样低，连这人到中年还是嫁不出去的会计，他竟也有些饥不择食？

或许这也是男人的致命弱点吧，既然是送上门来的一块肉，在某种时刻，才不会理会到底是肥肉还是瘦肉、老肉还是嫩肉哩！

一鼓作气吃了再作计较。

要是反胃的话，顶多下一回绝食就是了。

何况嘉芙莲虽然相貌平平，却有其内在的魅力，直勾得他有些神魂颠倒，这也是他在深入之后才获得的一种经验和认识。他迷恋她的肉体。

却没想到嘉芙莲看中的却是他手中的权力，而且一直到了适当的时刻才发难。

那晚他的激情正不能抑制，冷不防她便嗲声嗲气地咬着他的耳朵，絮絮地说。

他吃了一惊，但却已欲罢不能。无暇旁顾，他依然按照既定的目标努力。

等到他腾出手来，嘉芙莲已经当他默认了。

这大概也是一种交易吧，何况自己也有金钱上的额外收入，何乐而不为？财色构成的联盟，很难抗拒，担心的只是东窗事发。

嘉芙莲笑道："你怕什么？一个大男人，这么胆小！反正账目是我做的，你配合一下就可以了。"

"要小心，小心驶得万年船。"他说，"我这经理当了二十年，一向廉洁，可不要……"

"廉洁？"她笑，"所以二十年也就是个受薪经理罢了，这么努力养妻活儿，你不想一朝发达？人无横财不富！"

但良心挣扎或许其实是想要及早回头是岸，免得成为阶下囚，他横下心来对她说了个"不"字。

这决裂的信号引起疯狂的反应，她冷笑不已："退出？你现在才说退，迟不迟一点呀？总之你跑不了，你跟我一样不干净，这是事实，你这一辈子也休想摆脱，你回不到从前了!”

男子汉竟被一个妇道人家要胁,他急红了眼,失去的理智成了冲锋的士卒,手起刀落。

幻觉,幻觉,幻觉。

这火葬场上,还需要有人点一把火,他也是法定的点火人。

火光带着汽油味腾起,那女体吱吱烧焦,他疑心听到嘉芙莲哀告似的叫声:

“你来啦——你跑也跑不掉!”

地底下

她觉得忽地被大力一撞，便身不由己地跌下铁轨，只听到那地下火车风驰电掣般飞来，鸣声震耳欲聋，一阵剧痛，灵魂出窍。

灵魂缥缥缈缈，在这几十米的地底下游荡。这本来应该静寂的世界，如今却也不得安宁地给人们进占了，闹哄哄的人群，因为这突发事件更加张皇失措，许多排着队等候车子进站的男女乘客，尖叫着四散而逃；只有几个胆子大的，仍留在靠近铁轨的月台上引颈张望。一个中年壮汉犹指着被车子辗成血肉模糊的肉体，说："我看到她就迎着车子那么一跳，哗，车子把她撞出几米远，然后就从她身上压过去……"

警察手忙脚乱地记录着，那地铁的职员手足无措地跑来跑去，好像不知道该做什么才好。

全世界在这刹那间乱了套，教人觉得那秩序是如此脆弱，一只无形的手便足以将它搞得天翻地覆。

但那壮汉却是胡说八道，不知道是没有看清楚，还是有意隐瞒事实。

没看清楚的话，又何必定要充当目击证人？假如有意隐瞒事实，那他是不是得到了某些好处？

她恨不得跑过去捏死这个混蛋。人命关天，他竟可以睁着眼睛说瞎话！不过她不能，也不是不能，而是无能为力。

刚离开自己的躯壳，游离中仍有些立脚不稳，浑身的力气好像已给那一撞驱散，隐在这现场的角落观看动静，已经是勉力而行的了，怎能再加上额外的负担？

"……我看她是存心自杀的了，车子驶得那么近了，她才跳出去，谁能拉得住，神仙都没办法救的啦……"那壮汉又说。

她很想大喝一声："我是给人猛力推下去的，你这混蛋怎么硬说是我自己找死？"可是这话哽在喉咙里发不出声来，她才明白，现在她是说不出话的。

她明明记得她站在黄线外，阿基排在她后头。刚从律师楼签完离婚协议书，她心情也差，但对他却无防范之心。夫妻缘分已尽，也不必一定要分清谁对谁错，再见也是朋友，却万万想不到他会这样绝情，这样狠心，这样恶向胆边生！莫非得不到，他就一定要毁灭？夫妻一场，却始终不了解他的内心……

救伤员抬着担架急匆匆地跑过来。哼！还跑什么呀？华佗再世，也救不了啦！她别过脸去，再度仔细盯着那壮汉。

她看到他仍絮絮叨叨地对警察说什么，忽然觉得他眼熟，但一思索，她便觉得脑袋疼痛不已。朦胧中心念一闪：哎呀！那壮汉不就是阿基么！

赤 裸 接 触

纠缠地底下

从律师楼走出来,李玉环往中环地铁站走去。钱永成不即不离地跟在她后边,她感觉得到,但却不回头跟他说哪怕是一句话。

说什么做不成夫妻也还可以做朋友,不知道这句话是故作潇洒还是故意蒙骗别人,因为她完全不能接受。钱永成?她受够了,大家签了字,也就是一拍两散,各走各的路。再见也是朋友?来世吧!

她排在黄线后的第一个,等待着那地下火车风驰电掣般驶来。而在此刻,却一点动静也没有。她眼角的余光,扫到了一个熟悉的身影。结婚十年了,到头来仍要各奔东西,她在心里暗自叹息,却又有一种解脱的轻松感。

前几天晚上的剧烈争吵,其实只是爆发罢了。结婚十年以来,吵吵闹闹已经是习惯的了,但这一回实在忍无可忍。也只不过晚归一点罢了,也不问情由,一推开家门,他那粗言秽语便雨点般朝她脸上扔来。起初她怕在夜深人

静的时分，吵醒左邻右舍很不好看，只好痛苦地忍着，一言不发，径去冲凉睡觉。不料钱永成竟揪住她的头发，将她从被窝里一把抓了出来，痛得她大叫，连眼泪都流了出来。

钱永成破口大骂："……你这个贱人呀，越来越不像样，这么晚了还和什么野男人鬼混？你这次一定要将那野男人的名字招出来，不然的话我不放过你，绝对！"

她原本想要在大家心平气和之后，才慢慢向他解释，她娘家有急事；但到了这个时候，所有的委屈与狂怒全部爆发出来，她拼尽全身的力气，大吼一声："我跟你完了！我一定跟你离婚，要不我不姓李！"

钱永成呆了一呆，才颓然放手。

不论他怎么样低声下气地求饶，她却已经横下心来，非得结束这一场婚姻不可。她恨恨地说："我当初就不知道怎么瞎了眼，好拣不拣，拣了个像你这样的男人！"

假如钱永成好像一个堂堂的男子汉似的，干脆利落地答应离婚的话，她觉得她可能还会更尊重他；可惜他只是像一条可怜的小狗一样摇尾乞怜，这使得她的决心更加坚决了。"……我如果不离开他，我还是人？"她这样斩钉截铁地对她的知心女友说。

只是，一旦一刀两断，总是有些怅然。无论如何，十年来都睡在同一张床上，现在……

她深深地吸了一口气，转头望右，那长长的黑黑的隧道，幽幽地不知伸向何处，她只觉得那好像预示着不可知的命运，令她的心田腾出了一股冷意。

是有一股疾劲的冷风从深远处扑了过来，急速地吹动她的衣裙，接着便是那火车车轮快速磨擦铁轨的声响，阵阵传了过来。她的心情顿时轻松下来，因为她一上车，就不用再承受背后那双如利刃的眼光。即使他以前看尽了她的每个部位，但如今她却再也不愿给他再瞪视了，哪怕隔着一层衣服，她也认为挡不住他淫邪的回忆。

那火车的车头灯发亮，她忽然感到自己的身体腾空，脑海里也像车头灯那样发亮，并且发热，凉风一吹，又有些阴森森的感觉。她想要把自己定位，却无能为力，飘下的时候猛然被高速的巨物冲撞，她一痛，又飞出几米远，怦然掉下又被辗了过去，身上的鲜血喷出，灵魂出窍，悬在半空，但见那急刹车的列车昏死过去似的僵住，乘客像困兽，警报刺耳地响起，警察急匆匆地赶到。

她的灵魂看到她的身体早已血肉模糊一团，警察截住钱永成，旁边几个人在七嘴八舌地指证："就是这癫佬把她推下去的！一声不响就大力一推，好可怕呀！"

原来是他谋害的，这个人渣！

钱永成喃喃地自辩着，忽地便和那警察纠缠在一起，旁观者很多，却没人援手。钱永成凭着壮硕的身材，竟把警察的手枪夺了过来，那警察惊叫一声，不料钱永成将枪口对着自己的太阳穴，扳机只一扣便倒在血泊中。

看到他的灵魂逸出，她咬牙追了过去，厉声叫道："我做鬼也不放过你！"

千年猪王上身

她也不知道怎么便会跨进那家银行，也不知道怎么便会直着眼睛对那位柜面的小姐平板地说："快给我十万，我有枪，不要声张。"

说着便指了指右手提着的提包。

一切都好像是机械动作一样，根本没有思考的余地。

莫非是中了邪？就像她老公没有钱也四出去滚一样，就像她的十岁独子突然间便会两眼翻白一样……

那银行女职员抖抖嗦嗦地将一叠叠的大钞推出柜面，她却发着呆，既不出声，也没有接过去。

好像那笔巨款跟自己根本没有什么关系。

她看到女职员慌恐的脸，甚至有些惊异了，干吗呀这位漂亮小姐，看着我好像看见魔鬼一样？莫非这小姐也是中了邪？

她的肩膀给人大力一拍，猛然惊醒了过来。她吓了一跳，眼前是手摁着腰间枪套的警察。

打劫？我跑到这家银行打劫？我一个快四十岁的女人，又从来没有学过武功，胆子又小，怎么会做个独行女大盗？可不要搞错了！

但没有搞错，人证物证，罪证如山，还有什么可以狡辩的？她心里暗暗叫苦，自己确是在毫无意识的状态下不知干了什么事情，这也算犯罪？要是就这样锒铛入狱，强仔一个人怎么生活？那衰佬早就抱着狐狸精不理我们母子俩了，这叫我如何是好？

她相信一定是全家集体中邪。

那衰佬死不回头，劝他看在孩子的份上，不要越走越远，他却破口大骂："我这个人就是这样的了！我老爸三妻四妾，我大佬也有好几个女人，如果我单打一，那不太吃亏了？男人出去滚，小意思啦！”

其实她也并不大在乎他出去滚，问题是他拿钱出去滚，连家用也不给她，她只好跑到快餐店去当清洁女工，赚点钱养儿子。

不料儿子却无端患上怪病。

她认定强仔被邪气笼罩，慌忙到处奔走求治。医生看不出病源，她只好去求高人解救。

高人答应出手相救，但是要有代价。

五千元，是她所有的积蓄了，为了这个独生子，她也毫不犹豫地一口答应下来。只要治好强仔的怪病，她再苦一点，也算不了什么。

高人说：“有恶鬼附在你儿子身上，我开些驱鬼的灵药，喝下去就会平安无事了。”

许多人都说，这位高人驱鬼本领高强，她当然深信不疑。她捧着那杯黑色的神茶，叫强仔喝下去。强仔苦着脸，喝了几口便想吐出来，急得她又是流泪又是哀求：“阿仔呀，阿妈所有的希望，都在你身上……”

幸亏儿子也懂事，不管表情如何痛苦，也还是一口一口地终于把它喝完了。她正自高兴，没料到阿强竟大吐特吐，连黄胆汁都呕出来了。她惊问高人，高人却微笑着说：“这不是很好吗？所有肮脏的东西，都吐出来了……”

但是强仔的双眼依然翻白，她仍觉得强仔全身被邪气笼罩。

只好再去另访神医。在一座古庙里，神医望着阿强半天，突然喝道：“是不是肥猪上了你的身？”

强仔茫然地点了点头，神医又问她：“你是不是带他去过猪场？”

她想了半天，似乎去过，便说：“好像是。”神医叹了一口气：“你儿子被千年猪王缠上身，很难摆脱。不过救人一命，我会尽力而为。只不过这千年猪王是猪八戒化身，道行很深，我必得开坛，也未必斗得过。这费用，没有五万是不成的。”为了救儿子，她必须找钱，不择手段。可是怎么竟会跑到银行去打劫，她自己也搞不清楚。

她对那满面狐疑的警察说：“是猪八戒陷害我……”

发字成零蛋

那个中年人老是目光炯炯地看着她，使她有些心惊肉跳的感觉。

特别是在这个雨夜里，她竟与他一起，躲在同一个屋檐下避雨。世界难道真的这么小？

那目光，又是那样毫不避讳，简直是太不礼貌了。她厌恶地把脸别了过去，忽地便一惊，眼前这个麻甩佬①，可不要是“屯门色魔②”……

已经是第三次遭遇吧，在这短短的半个月里？

头一次，她也并不太在意，只觉得这个人怎么可以这样看一个女孩子？心里也只是鄙夷了一下，掉头也就没有再去理会了。

第二次碰到，便有些惊诧。以天下之大，香港人之多，怎么碰来碰去，偏偏就碰上这个人！

她甚至有些痛恨自己记忆力之强了，假如过目就忘，再碰到也不记得，也许就没有什么烦恼了。

竟然还有第三次！

而且这次那中年人还开口了：“小姐，这么几天，我和你没想到可以一连见到三次，也算是有缘了！我仔细看了你的面相，你应该有福气有财气，但是，我要赠你几句，你一定要留神辨别一切东西，特别是瘦的和肥的，你一定要分清楚，要不然的话，你可能就败在肥瘦不分这个致命点

---

① 麻甩佬：粤语，有些猥琐的中年男人。

② 屯门色魔：上世纪九十年代初，香港屯门区一带常有女性在夜间遭到性侵犯，媒体将疑犯命名为“屯门色魔”。

上。切记切记!”

说着,那中年男子一声“拜拜”,便哈哈笑着,走进那哗哗的夜雨声中去了。她见到天边电光一闪,接着,一声震天动地的响雷,炸得她捂着耳朵尖叫。

那雨,很快就停了下来。回过气来,她静心一想,却怎么也弄不明白那中年男子到底说的是什么意思。她摇了摇头,大概是个想要搭讪女性的好色男人吧!

故弄玄虚罢了,那云山雾罩的话。

她决意不理睬他,而且对自己说:可不要再跟这个麻甩佬第四次碰到!

假如真的第四次碰到,她甚至可以开始怀疑:是不是这个麻甩佬一直以来就在跟踪,只不过一打照面便假装好像偶遇而已?!

但并没有。那中年男子出声后,好像是完成了任务,再也没有出现了。慢慢的,她也就忘记了这个麻甩佬,更忘记了他曾经说过什么话。香港生活节奏这么匆促,每天听到这样那样的话有那么多,哪里都会记得?就算是绵绵情话,也不可能每句都不忘记啦!

她唯一不忘记的,便是每星期都要去买六合彩。五块钱买一个希望,也太值得了。何况,想要发达,她想也只有这个机会了,虽然极其渺茫,也好过完全没有。

大家都笑她:“云妮,别人买六合彩你也买六合彩,我们看也只有你最认真最紧张!”

她说:“那怎么同?人家买六合彩,只是玩玩而已,我买六合彩,真的是期望发达。没办法,没钱,就只好希望中六合彩发达了,有点没出息,但很实在。”

下了班还是赶着去投注,花了二十元买了四注电脑票,看也不看,随手便塞进手提包了。

她的习惯是等开彩那一晚才守着电视机对那中奖号码,这时她感到有一种冥冥的力量在主宰一切,使她激动不已。

可是每次都落空了，但并没有摧毁她的斗志。有时随口便唱：“……命里有时终须有，命里无时莫强求……”她也不知道是在自我安慰，还是表示信念？

这一次开彩，她屏息等待，突然便狂呼起来：中了！中了头奖！我发达了！

次日兴冲冲跑去马会登记，没料到那电脑记录上，并没有她彩票上的“20”、“30”，只有“28”、“38”，也就是她中的是“空宝”。

一场欢喜一场空，令她精神极度沮丧。欲哭无泪，迷迷糊糊又梦见那中年男子走来，说道：“我都告诉你了，8字较肥，0字较瘦，中间没一划，8就变成0，就是发财梦成为零蛋，你又不听……”

隔墙大挪移

他拜过关帝像，有点得意洋洋地说："……我都说过的了，我没有做过，上帝都会帮助我的！"

人家问他："你真的没做过？"

他哼哼："当然没有啦！要不，我怎么可以脱得了干系？都说法律是公平的，如今我没有事，证明我是清白的啦，对不对？"

人家斜着眼看他："喂喂，你没有事，也不一定说明你清白呀！我看这事情复杂着呢。"

他一惊，却马上丢下一句："你这么无知，我都费事跟你多说什么！"

说完便拉着他老婆阿婵扬长而去。

那天也合该有事，他像往常那样走过，从旁边扑出两个探员，只一扭便把他扭住了。告他的罪名，只有一条，但也尽够了。

藏毒贩毒，等待他的是漫漫的刑期。

在羁留期间，他吃尽了苦头，连他自己也怀疑是否可以挨得住。

上庭，如果没有有力的律师替他辩护，这个罪恐怕也没法洗脱了。

可是，他家又没有请律师打官司的能力，甚至连他的老婆也劝他："算了吧，阿权，我们又没有办法请律师，申请司法援助又那么烦，还是认罪吧，争取减轻罪名……"

他几乎就要答应了，可是不知为什么这个头总也点不下去。

阿婵哭道："你不要那么固执啦，你再不认罪，只怕判得更重！你认了罪，不论判你多久，我都会等着你出来……"

“你先回去吧，我再想想……”他只好这样说。

到了提堂的那一天，他又坚决不认了。

他知道这样做的后果，可是他却也顾不得那么多了，要怎么样就怎么样吧！

不料主控官临时却拿不出最主要的证物。

原来毒品不知为什么不翼而飞。闪闪烁烁的解释是，控方以为已经结案，那毒品也就焚化了。他一阵狂喜：真是天助我也！你们提不出什么证据，怎么能够将我法办？法律是最重视证据的，没有证据，即使认定我有罪，也不能将我入罪。

据说法律的精神是宁纵勿枉。

既然宁纵勿枉，大法官就宣判，主要证物都不存在了，此案对被告之控罪也就永远搁置。

也就是说：还我自由了！

他欢喜若狂，但表面上仍要尽力装成一副满不在乎的样子。记者蜂拥而来，追着他：“你无罪释放，有什么感想？”

“没什么感想，只不过还我公道罢了。”他笑了一笑，“从头到尾，根本不应该找我的麻烦，因为我没有做过。现在这个样子也还过得去，总比被小人所害好多了！”

他听到身后有个女孩子抛下了一句：“哼！像这种人，敢做又不敢认，简直是无胆匪类！”

他假装听不见，也不打电话，便径奔家里去。他想给阿婵一个惊喜。

没想到阿婵都已经准备好火盒让他跨过，又准备了一桶的柚子叶水叫他冲凉，“洗洗你身上的晦气吧！”她说。

他有些纳闷，道：“你怎么好像预先知道了一样？”

阿婵答了一句：“那当然啦。”

“哼，当初我好在没有接受你的意见，如果认了，我哪能这么痛快就回来了？”他摇头晃脑，“妇人之见！”

阿婵叫道："你真以为那毒品给烧毁了呀？蠢材！我拜了神偷时迁的神像，天天烧香，请他出动，把证物偷出来的，不然的话，像那样戒备森严的地方，怎么混进去？"

"那时迁……"他张口结舌。

"来无影，去无踪，我也不知道他窜到哪里去了。"她说，"他用的绝招，是隔墙大挪移……"

复仇在二十年后

决心再度出击的时候，游子标心中充满了戾气。前两个月，凭着 AK—47 自动步枪的强大火力，在闹市中心横扫，哒哒哒哒，比兰保还要威猛，直扫得那帮差佬①屁滚尿流，想和我丧标斗过，没那么容易！

打劫银行，也只不过几分钟的时间罢了，迅雷不及掩耳，几个人呼啸着便威慑住那帮人。转眼间一千万到手，虽然是拿性命来搏，但又有什么生意的利润能够这般丰厚？他对那些手下说："跟着我啦，兄弟。我丧标虽然凶狠，但对手足够义气，你们都知道的啦。大家一齐去捞世界，抢够了钱，就找个地方躲起来，享受下半生。有钱还怕找不到靓女？什么享受也都不成问题。"

一听到钱字，人人都双眼发光。

他知道，重赏之下必有勇夫，有钱能使鬼推磨。

但他内心里也明白，"做世界"②未必每次都能够得手，而且相当凶险，一个不小心，便是与差佬正面驳火，分分钟都可能命丧黄泉。那巨款，看来的确诱人，但是那是用命搏回来的呀！

好像二十年前。二十年前那在隧道口的七百万元大劫案，该是当时的空前大劫案了吧！那时计划周详，对解款车的路线也了若指掌，两辆私家车只需前后一夹，迫那解款车停下，那几个护卫员，又哪里是我们的对手？只需三两下子便乖乖投降，七百万元手到擒来。

假如不是分赃不均引起内哄，拿了那笔钱，以当时的

---

① 差佬：粤语，警察。

② 做世界：香港黑话，打劫。

币值，也是可以一世无忧。也怪他自己一时贪心，造成了矛盾。直到飞虎队从天而降，围攻他的居处的时候，他慌忙拔枪应战，这才知道被手下出卖了。

那噗噗的子弹，想必是一连串地射进他的心口吧，灼热的剧痛之后，他但觉灵魂飘飞，没着没落，只是极力想要依附在什么实体上；但挣扎着却又谈何容易？

蓦地一阵狂风袭来，不由自主地往下一扑，有一股炽热感，他依稀觉得自己实在了；一阵婴儿的啼哭声爆出，他听到医院的护士在叫道："生了生了！是男孩！"

这么样就投胎转世了么？他想。

二十年后又是一条好汉，他只觉得他要继续二十年前还没有完成的事业。要嘛就风风光光拥有大把钱像个大富豪般花天酒地，要嘛就轰轰烈烈一无所有被乱枪扫射成马蜂窝，没有第三条路可走。何况他认为今时不同往日，二十年前只能用手枪打劫，现在回想起来只是个笑话，二十年后的今天，他已经可以动用 AK－47 自动步枪和手榴弹，威力巨大，连警方的火力也远远逊色。有这样的配备，还怕什么差佬？差佬，捉小贩小偷还差不多，想要抓我丧标，哪有那么容易?！我不把他们一个个撂得像一条条死鱼那样，满身鲜血躺在闹市才怪呢！

他的狂暴意念因为两个月前突击银行得手而愈发猖狂起来，看那警方手足无措的样子，他便打心里笑出声来。这是一场游戏，他对手下说，只要我们够团结，不要内哄，那帮差佬就没办法对付我们。"我们在暗处，他们在明处，主动权在我们手里。"他说。那三千万也不分发，他告诉他那三个死党："现在风声很紧，差佬到处在搜索我们，我们千万不可以暴露自己的身份，不然的话就糟了。像我，二十年前……"突然便察觉到失口。死党诧异地问他："大佬，二十年前，你刚出世喎……"他大笑："讲一下笑罢了。总之，这笔钱先放在我这儿，等到风头过去了，大家才拿去使用。”

两个月的时间足以叫健忘的香港人忘记一切，他对他的死党说：“我们再出动，目标是金行。”

他的死党惊疑地说：“会不会太……”

“嗨！这叫出其不意，趁警方以为我们销声匿迹的时候，再搞他一家伙！”

一想起蒙面手持AK－47满街扫过去的那种满足感，他便嘎嘎怪笑。二十年前被轰烂的灵魂恍惚在他体内骚动着，喷薄欲出，他必得再与警方决一死战。

赤 裸 接 触

敬敏老是觉得自己异于常人。

他也不知道何时产生这样的想法，但自从他的老妈给他“问米”①之后，他便隐隐觉得自己不是常人。

他永远记得老妈在施法的样子。

那昏暗的屋子里，只有昏黄的烛光。老妈在小桌子前摆着三碗水酒、插着三枝烟香，那白烟袅袅，弯弯曲曲地升到天花板上去。他依照老妈的吩咐，恭恭敬敬地在一旁站着，老妈口中念念有词，他却听不明白到底都说了些什么。突然间老妈一阵剧烈的颤抖，以另一种声调，慢慢道出了他的前尘往事。

但他不知道是不是真的。

失业、失恋、生病、欠债，快到三十岁了还是一事无成，他无言独垂泪。老妈见到，沉吟了一会，才说：“让我给你问问吧，看你什么时候转运？”

母子两人相依为命，他在这个世界上，所能依赖的也就是这个六十岁的老母了。他妈妈把他从小带到大，好不容易可以出来工作了，哪里想到竟会这样飞来横祸！

“说不定是你那衰鬼老头在下面不甘寂寞，搞来搞去便来骚扰你……”老妈这样说。

“怎么会？”他叫道，“无论怎么说，我也是他儿子呀！”

“儿子？”她冷笑，“要是当你是儿子，当初他也不会那么狠心，我刚一生下你，他就跟狐狸精跑了。他那样一点也没有顾及情份，还当你是儿子？呸！”

“他可以找的人很多，为什么偏偏选中我？”他带着哭

---

① 问米：粤语，通过灵媒去查问阴间的事情。

腔，“我可没有得罪他呀！”

“也不是得不得罪，你那衰鬼老头本事又不大，别的人他骚扰不了，只好找你了。”老妈摇头叹息，“你是他儿子，别的人他应付不了，你却逃不出他的手掌。”

他忧心忡忡地望着他妈妈，半晌也说不出话来。

老妈说的话，他不能不信。

那回，他就感到有一种不可抗拒的力量控制着他，叫他无法摆脱。他明明知道，在大庭广众之下赤身露体，是犯法的，但他却无法抗拒那指挥他的声音。那声音是苍老的男音，莫非果然是老爸？似无还有，却不绝如缕，一直渗透到他的灵魂深处。

他真不想那样做，但又不由自主地一件一件把衣服脱了，在那些女同事的尖叫声中，他裸跑着乘电梯下楼，在大太阳底下走来走去。那个苍老的男音不断地告诉他：“你必须吸收日月星辰的精华，只有赤裸地接触，才能使你具有超自然的力量……”

但是不到几分钟，他便被警察裹着毛毯迅速抓走，并且检控他在公众场所行为不检点的罪名。虽然他努力解释，但并没有一个人相信他的理由，除了他的老妈之外。

出来之后，他什么也没有了。既然已经四大皆空，也就没有什么可以担心的了，他对老妈说：“……假如不是他们在半途中坏了我的修行，那我现在便是超人了……”

说着，他用头猛力撞那坚硬冰冷的墙壁，一面喊叫：“我身上附着魔鬼妖孽，一直在捉弄我，我跟他拼了！”

一撞之下，便晕了过去。等到悠悠醒来，只觉得头一阵阵发痛，用手一摸，竟长了个包；但他却望着老妈，笑道：“我把魔鬼给撞走了！”

老妈叹了一口气，将一个护身符交给他，吩咐道：“你以后随身带着，有什么事情，它会保佑你，化险为夷。其他的，你就不要再想了。”

这一晚他看完电影《异形》，走出影院，便觉得体内有什么东西蠢蠢欲动。他怀疑魔鬼又再度侵进他体内，连忙寻找那护身符，没想到换衣服时没再带上，慌乱之间，他竟又脱起衣服来了。警察很快把他制服，发现他已有前科，不禁面面相觑。一个女警狠狠地甩下一句："送他到青山啦！不是黐线佬[1]才怪哩！"

---

① 黐线佬：粤语，神经不正常的男人。

钞票满天飞

没有想到身为惩教署职员，平时可以对犯人呼呼喝喝，如今反而要被人喝斥，看人家的脸色行事。

而且那几条大汉决不是善男信女，稍不顺心，便对他拳打脚踢。

真是虎落平阳被犬欺！

但也怪自己鬼迷心窍，为什么竟会异想天开，无端端便跑到澳门去搏杀？

冥冥中一定有什么神灵在引导着他！

钱呐，有谁不想拥有大把金钱？二十五岁正是需要用钱之际，那点工资够什么用？和女朋友上街看电影、唱卡拉OK、吃大餐，稍微丰厚一点就捉襟见肘了。

惟有想办法，看看哪里可以抓点钱过来。都说香港钞票满天飞，怎么不见飞到我手上？

丽莎乜斜着眼睛，嗲声嗲气地说："尊尼，我们也该买房子了，啊？"

他拍了拍赤着身子斜躺在床上的她："当然当然，我来筹划一下。"

他知道，她的意思，当然是结婚要买房子来住啦！现在的女孩，一个个精过鬼，没有房子放在那里，有谁会嫁给你？

但以他自己的收入，他知道没有能力买房子，如今的房子这么贵，一般的打工仔，谁买得了？

嗯，人无横财不富……

立刻便想到六合彩。每一期他都不错过，用二十块去买四个希望，即使是肉包子打狗有去无回，他也感到心安理得。放长线钓大鱼吧，慢慢来，只要有一次给我中了，哼哼，我尊尼王……

终须有一日给我龙穿凤！

但是六合彩之神一直没有眷顾，到头来他一样还是两袖清风。

而丽莎却逼得更紧了："你倒是快点想办法呀！趁着现在政府压低楼价，是买的好时候了。你现在不买，稍后楼价再起，那就哭都无谓了！"

"可是我现在哪里来的钱？"他不得不坦白他的窘境，"有头发，谁想当癞痢？"

"我不管。我不信有情饮水饱那一套，我只知道贫贱夫妻百事哀。"她气咻咻地说，"我的要求也不高，只不过是最基本的，要一间屋子而已。"

他欲言又止。

已经到了这种地步，多说也没用了。

他甚至知道，如果再说下去，丽莎肯定会又哭又叫："算我瞎了眼，好拣不拣，就跟了你……。"

他还能说什么？追求她的人那么多，她十分钟可以找到一个有钱公子嫁过去。

只好求梦，但梦也不来指引他。

再去求相士指点迷津，那相士低头闭目沉思半晌，忽然往西面一指："一直往那边走，有水的地方，水为财，你的财气在那边……"

他听得一头雾水，但再问下去也不得要领，只好回家自个儿苦苦思索。正想到朦朦胧胧，蓦然间灵机一动，是澳门！哈哈，我的财气在澳门！

于是便尽携所有渡海搏杀，一夜之间便输掉那十万元。这下可完了，丽莎不立刻蝉过别枝才怪！惶惑中孤注一掷，把心一横，向"大耳窿"①借了四万元企图翻身，哪里

---

① 大耳窿：粤语，放高利贷的人。

想到连这四万也都输光，他却必须还债八万元。他被押回香港，禁锢在一间屋子里。他哀求道："我没钱，给我一点时间，我慢慢摊还……"那领头的大汉一巴掌便掴了过来，喝道："你惩教人啦哪！没钱不要学人赌啦！蠢仔！总之，你家人不拿钱来，把你那条女①奉献过来也行……"

他有一种被人合谋陷害的感觉。

① 条女：市井粤语，那女人。

分身飞越万重山

近来，睡觉的时候，他老觉得灵魂飘飘然，好像离开了身躯，他不敢动弹，惟恐移动了位置，灵魂便回不到他身上，他也就不用再醒来了。

他依然睡在床上，但灵魂却飘到一个陌生的地方，一个他从没有去过的地方。虽然没有去过，不知为什么他却感到很眼熟。

莫非是前世到过？那堵墙，那条小溪，对了，那个时候，他还在那墙角撒过尿……

“是分身术……”那个白胡子爷爷说。

好像非我族类。

不过也没有什么要紧，是什么人都没有问题，最要紧的是要遇贵人。

他见到众信徒匍匐在白胡子的面前，念念有词，白胡子把手一扬，轻言细语：“光是拥护我是没有什么用的，最重要的只有一种信仰……”

但他也弄不清楚到底要信仰什么。

白胡子向他招了招手：“这位远道从香港来的兄弟，你过来……”

他还没有想清楚，便不由自主地向前走去。

白胡子双手合什，低头闭眼又是一番念念有词，然后喝道：“有了！”

手一张，赫然是一枚金戒指。

“你居然这么诚心，深更半夜还不辞万里赶来我这边，我不能亏待你。”白胡子说，“你拿去戴上吧，它可保你平安，可以护送你回到你的躯体里。如今快要天亮了，你赶快启程，假如太阳出来了，你恐怕就回不去了，我不忍心你的灵魂漂泊在这异乡……”

他一惊，一声多谢，连忙就往回赶。

“戴上戒指可以腾云驾雾，只消几分钟，你便可以安全降落。”白胡子笑道，“不用着急。”

性命攸关，怎能不急？

不过白胡子真的没有骗他，只不过是一眨眼的工夫，他便醒了过来，好端端地躺在床上，冷气劲吹，自身盖着被子，窗外刚刚露出曙光。

努力回忆适才的遭遇，他有惊心动魄之感，到底这一切是真还是假？

怔忡了一会儿，他拭了拭朦胧的双眼，定睛一看，左手无名指上……真的戴了一枚金戒指！

他大吃一惊，半晌都回不了魂。

就算真的是灵魂飘到了那不知名的地方，就算真的与那白胡子对过话，那也不过是我的灵魂而已，怎么灵魂也可以把金戒指带回，而且套在这左手无名指上？难道我跟什么人结婚了不成？

他有些迷糊了，身为大财团的高级管理人员，他向来以单身贵族自居，根本没有一个靓女可以缠住他的心。他觉得单身的生活最好，钱财大把，驾着“宝马”去“君悦”饮早茶或下午茶，来无影，去无踪，也不知多惬意，又何苦把自己束缚在一个固定的女人身上，须知不该为一片树叶而放弃整个森林！

定下神来，他庆幸自己真的还没有结婚，他一向信奉观音，连忙爬起身来，去客厅参拜，忽然他看到那陶瓷观音的双手和胸口都长出了珍珠，他怀疑自己仍有睡意，急忙用力眨了眨眼睛，灯下那珍珠晶莹，哪里又是假象了？

他没办法解释这诡异现象，只有寄望夜晚降临，灵魂再去寻找白胡子爷爷求答案了。

但是他还未睡去，白胡子却飘然而来。他惊问：“你怎么来到香港？”

白胡子笑道：“我不是我，这叫分身术，因为我知道你有问题要问我，所以分身而来，我的真身仍在那边。”

“我是不是去过你那边？”

白胡子微微一笑：“我可以分身，你也可以分身……”

他骇然。

烧坏脑的魔鬼

一直以来，他在周围的人们当中地位不高，平时谈笑，也老是把他作为取笑的对象。他也不以为意，总觉得自己的脑子反应慢，又没有什么独特的见解，人家说什么，他也只有跟着笑的份儿。

人人都叫他："阿茂……。"

也怪自己的老爸，好取不取，一出生就给他取"李茂生"这个名字。虽然家里叫他"阿生"，但他们却偏偏舍"生"取"茂"，那意思是很明显的。

为了不使自己孤立，他对谁都只好赔笑。阿茂便阿茂吧，反正也就是一个称呼罢了……。

当护士叫他"李茂生"的时候，他怔了半天也答不上来；他听惯的，只是"阿茂"。

也可能是脑袋烧坏了，反应不过来。

那天一群人上兰桂坊喝酒，远远的一个角落，有个美艳女郎在独自喝闷酒，他们便开始了男人们的三级悄悄话。说着说着，也不知道怎么一来，米高便指着他说："阿茂出马啦！一定马到功成。你想想啦，一个寂寞女郎，在这样的一个夜晚，邂逅一个英俊的白马王子，能够萌生出什么样的浪漫故事？"

他明知米高只是不怀好意地调侃他，但也只好傻笑着，露出一副色迷迷的样子。

"你看你看，"尼尔逊立即笑骂，"阿茂色心已起，上啦，兄弟，我给你胆！"

"喝酒喝酒，酒能壮胆，色胆包天，那什么都不在话下了！"米高举起了酒杯，悄声说道。

他既不能翻脸，也就只有低头喝闷酒了。

好像只是"咕咚"一声，他便失去了记忆，醒来迷迷糊糊已躺进医院里。那白衣护士皱着眉头,不以为然的神情,把那张苦瓜干似的脸都拉长了。

在刹那间,有电光似的一道东西在他脑海一闪,还没等到他想清楚,竟受催眠般张口说了出来:“姑娘,不好了,你那男朋友明天就会向你提出分手,因为他有了新的女朋友,是个漂亮的大学生……”

那护士气得脸色煞白:“你去死吧,麻甩佬!”

他吃了一惊,也惊异于自己怎么会对一个陌生人胡说八道,而且是“预言”。

不过,在他的眼前,的确展现了那未来的场面:那男人刚坐下来,护士想缠上去,男人抬了抬手制止她,冷冷地说了一声:“玛莉,没用的。从现在开始,我们各走各的路,互不相干!对不起……”然后连那杯咖啡也都不喝一口,便推开椅子径自走了,像逃一样。留下目瞪口呆的护士,呆了半晌,才“哇”的一声哭了出来。

他以为这只是幻觉,不料,第二天晚上,那护士红肿着眼,频频问他是不是认识那个彼得。他苦笑:“就算我认识,也没有理由会应验得这样一字不差呀!”

护士拜倒在他跟前:“……求你给我指点一条明路……”

他很想帮她,但他却只限于能够看到将发生的事情,实在无力防患于未然。

但即使如此,他周围的人们都纷纷改变了对他的态度,个个把他看成是“高人”。

米高问他:“喂,大家兄弟,问你一件事,我明天去‘葡京’搏杀,你看我赢面有多大?”

尼尔逊问他:“喂,茂哥,我条女对我怎么样?”

他顿时觉得自己的身份地位大大提高,十分自豪,也就更尽心尽力地解答他们的疑问,而且奇怪的是,尽管他们采取各种措施避免,但最后却鬼使神差似的,终究得到与他所预测的完全一样的结局。

渐渐的，人们一个个视他如瘟疫，一看到他便远远躲开。他很纳闷，忽地，耳畔隐隐传来米高与尼尔逊在洗手间的对话，米高说："哼！阿茂这条友是烧坏脑的魔鬼，好事都会给他预测坏，全世界的人都要躲开他的啦！"

阴间走一回

她十分不甘愿，而且并不相信那结果。

不但是她，许多受害者的家属，也都跟她一样，十分不甘愿。

那个匪徒，手持 AK－47 自动步枪，就在闹市之中，朝着人流砰砰嘭嘭地开起连环枪。子弹横飞，一时之间，鸡飞狗跳墙。

那种罔顾人命的冷血行为，实在令人齿寒。

这一扫射，便有七八个人倒下，血流满街。惨无人道，假如就这样不了了之，世上难道还有天理？

警方很快就破案，抓了一个悍匪，并且判定他罪大恶极，必须以死谢罪，可是香港实际上并不执行死刑，改判无期徒刑，也总算对枉死者们的家属有个交代。

但她总感到疑惑，老是好像有个声音告诉她，抓到的那个，只是从犯，是个小角色，并不是那个当街持 AK－47 自动步枪胡乱开枪的那个悍匪。

不但是她，其他的受害者家属，也全都有这样的感觉。莫非那些冤魂同时给自己的家人报梦？

但是警方却说……

反正已经结案了，说什么也都没有用了。

只是她心犹不甘，千方百计联络了其他家属，说："我们一定要找出真凶，不然的话，太对不起我们的家里人。警方不帮忙，我们可以自己积极参与……"

怎么办？去找法师缉凶啦！

"黄太，那你就带个头吧，我们都跟着你了。"男男女女都说，"拜托你了……"

其实她也并不太清楚，到底应该怎么办。

四处打听，总算是有了结果。一个大法师表示可以开路，把家属们送到地府去见已经枉死的冤魂，亲自探问这宗惨案的来龙去脉，追寻元凶的真面目。

但法师郑重地说："各位请放心，我会请出满天神佛坐镇，各位不会有什么危险。但是，有一点千万必须遵守，不论发生什么情况，我一召唤，各位必须立刻动身返回阳间，千万不可留连。否则，后果不堪设想，切记切记！"

她看到法场内的墙上，张着大红布，四角都挂上写着"急扫山神恶煞"的符咒，夜风阵阵吹来，她只感到一股寒意袭来，但额头却冒汗了。

法师的声音又沉沉地响起："各位到了地府，能否与亲人相见，要看各人的因缘，不可勉强……"

她的心又一沉，不知道冒险走一趟，自己到底能不能再见欲思一面？

法师开始念起咒来，他的助手在红铁罐里将一堆叠成卷筒状的符纸熊熊燃烧起来。这时，法师用黑布将所有家属的眼睛蒙上，她只觉得眼前一黑，心乱哄哄的没着没落。

法师又暴喝一声："起程了！"

她听到法师开始高声念起阴阳会咒，而且用木拍板敲打台面，"啪啪"作响，一声声，击得她惊心动魄。

但她眼前只是漆黑一片，什么也看不见。

时间就那样一分钟一分钟地流逝，她周围没有任何动静，她在慌恐中有些胡思乱想起来。

突然间，一个声音在她旁边响起："啊呀！我看到一个地方……"那是陈太。

法师突然插嘴："千万不要吃什么东西呀！"

"我看见了！阿光！你别走！你告诉我，谁是元凶？你有什么冤情？快告诉我……"陈太哭叫着。

她听得有些毛骨悚然，但是自己眼前却什么也看不到。莫非自己真的没有缘份，去不到阴间？可是这些人也只有陈太能够到下面去了……

有些晕眩的感觉，眼前在一片黑暗中发光，是不是我也去了那边？但什么也看不到……

突然后脑给人一拍，黑布取了下来。她见到陈太泪流满面，心里却在痴痴地想：我到底去没去过地府？

缘结今生

终于打进娱乐圈,令他狂喜不已。

并不是为了名利,对于出名,他并不太热衷,而对于金钱,他更不紧张,他家里有的是钱,他才不在乎去赚这些小钱呢!

他在乎的,是这个圈子美女如云……

只是看着就舒服。

假如可以拥抱美女,来一个《网中人》中周润发与郑裕玲热吻的那个经典镜头,那这一生,也尽够了!

他觉得体内有一种无形的东西蠢蠢欲动,叫他有些飘飘然。

但他立刻用巨大的意志将它强压下去,他自知自己只是一个初出茅庐的新手,千万不能行差踏错,小不忍则乱大谋,岂能因小失大?

还是要忍,等候时机。

只是一个不起眼的角色罢了,在镜头面前一闪即逝,他又有什么大作为了?

然而他并不绝望,总是有一把真真假假的声音,叫他忍耐:"……只要你能够忍得住,我一定会帮你,你一定会得偿所愿……"

偿愿?他也不知道他有什么愿要偿!但那男音却十分柔和悦耳,他不自觉地听进了,而且有一种催眠的调子,令他在沉睡的边缘起伏。

他相信这缥缥缈缈的预言。

而且他果然也等到了这一天。

当第二男主角的滋味,当然不同于做"咖喱啡"①;对

① 咖喱啡:香港影圈行话,临时演员。

白多了，还给安排与第二女主角谈情说爱。他觉得这个际遇，似乎正让他向预定的目标靠拢。

拥抱。亲吻。他很想也有个经典式的热吻，却不能。导演说："这个镜头，用借位①的方法拍过去就算了，不必拍正面……"他点头表示明白，心里却在怒骂这导演："妈的！难道米莉是你的女朋友不成？这么紧张！"

但他知道不能表露出来，否则将来恐怕没有出头之日。好容易争得第二男主角的地位，可千万不要功败垂成。还是要忍，虽然有些欲火焚身……

忍，自然是一件十分辛苦的事情，只是，为了钓到大鱼，风吹雨打日晒，也要经受的了。

他继续做他的第二男主角，而且渐渐地巩固了他的这种地位；他的目标，是爬上第一男主角的行列。

不过他不能无限期地等待。

体内的熊熊烈火，势不可挡，假如不去平衡一下，他认为他就会爆炸了。

把牙一咬，决定出击。只听得那把柔和悦耳又缥缥缈缈的声音响起："是时候了！你去啦！人生在世，争取机会争取时间最要紧，千万不要错过……"

他又不由自主地相信了。

那个对手，平时便极具女性的肉感魅力，令他血脉贲张；没想到今天他竟然可以和她饰演情侣！

而且导演也没有吩咐要"借位"。

开拍的时候，他本来也并不想太过出位，只要在容许的范围内占到便宜，便已心满意足了。

能够一亲美人芳泽咽……

---

① 借位：香港影圈行话，指拍接吻戏时利用位置的错觉，演员并没有真相吻，但拍出来却有接吻的效果。

但没想到一上场,他竟抑制不住自己地有些狂乱,简直变得像个大色魔一样乱啃乱摸。

是有那柔和悦耳的声音在鼓动他:“上啦!没关系,不论你怎么动作,这条靓女都不会反对的……”

忽然便掀起了一股摧毁他的风暴,几乎所有与他演过对手戏的女星,全都众口一词地指证:“……这个朱胜和?好咸①,好狼呀,太下作了,令人没有安全感……”

好像定要把他扫出这个圈子一样。

那把柔和悦耳的声音又出现了,他怀恨地责问:“你为什么要这样害我?你到底是谁?”

那声音笑了一下:“我?我是色鬼,与你有今生缘!”

① 好咸:粤语,好色。

逃不掉的诱惑

他本来以为可以就这样享尽无边艳福，哪里想到风云突变。

他有些不知所措了。

心中再三掂量，这天平也不知该怎么去平衡。不能平衡，又不知该向哪一边倾斜？

新欢旧爱，难分难舍难解难断，做男人的难处，是不是就是如此这般了？

伊娃媚眼流转，嗲声嗲气地说："福哥，我不理！总之你一定要跟那黄脸婆摊牌，我不能忍受与另一个女人分享你的局面！"

他忙说："好啦好啦，你给我一点时间……"

十八岁的伊娃，鲜嫩娇俏得令他心中涌起汹涌的甜蜜洪流，然后自己的灵魂也就那样给淹没了。

也怪自己不小心，不知道怎么一来，便给她窥见他与梦娜的结婚相。她呆了一呆忽然便嚎啕大哭起来，弄得他手足无措。

也不知道花了多少唇舌，或许也是哭累了吧，她终于止住了，那双怨恨的眼睛直直地盯了过来，幽幽地问他："你说吧！你怎么安置我？"

怎么安置？这真没有想过，他以为可以就这样过一辈子了，又怎么会杞人忧天去为将来虚无的东西发愁？不料那并不是虚无，怪不得他在刻意回避的同时，内心里总是有一种恍惚的感觉。

如意算盘，常常都要破灭，莫非是天妒齐人？

本来以为把伊娃安置在大埔那新买的房子，而梦娜则住在长洲，天各一方，谁也不知道谁，自己可以像穿梭机一样来回穿梭，左拥右抱，这种设计，天衣无缝。只是一个不小心，便前功尽弃，伊娃闹个天翻地覆，他这才明白，烦恼皆因自己太强求！

那个时刻多好，反正自己三天两头便要跑回深圳去做点小生意，穿梭在梦娜与伊娃之间，也便有了不回家的借口。一直以来都相安无事，哪里知道百密一疏，只是一个小小的疏忽，便陷他于进退两难的境地。

莫非是报应？

而伊娃的行动也越来越升级，只要有一晚不回来，她便大吵大闹要死要活："……你不要以为我不敢！"

不敢什么？他不知道，更不敢问个清楚，没料到赤裸抱在怀里活色生香的靓女，一撒起泼来，他堂堂一条男子汉也是抵挡不住。自己理亏，也不能采取强硬态度，万一她发起癫来，他又哪里是她的对手？

只好哼哼哈哈地敷衍着："你给我一点时间呀！我也得好好对付她才行……"

"我不管！当初你媾我的时候，怎么不先想好？"伊娃又哭又叫，"哦，那个时候你倒风流快活，要不是我发现你的秘密，只怕你一生一世都对我说你是单身男人了！有勇气做，你为什么没有勇气面对现实？除非你至今还迷恋着那个狐狸精啦！呜呜……"

他一惊。狐狸精？到底谁才是狐狸精？可是他已经没有力量纠缠这个问题了，只听得伊娃断喝一声："……还有一星期是我生日，在这之前你要给我答复，不然的话……"

他知道她说得出做得出，权衡了半天，只好硬着头皮赶回长洲。梦娜一见到他，喜出望外，他竟有些说不出口了。一直到吃晚饭的时候，他才吞吞吐吐地说："我们……离婚好吗？"

他做梦也没想到，斯斯文文的梦娜立刻变成了一头母老虎，又撕又咬全往他要害处招呼，他的无名怒火给拨了起来,恶向胆边生,也不知怎么一来,梦娜已经直挺挺躺在地上,浑身是血,哪里还有气了?

惊慌中他逃出长洲,奔向大埔。伊娃只是冷笑:“现在要我嫁你?太迟了!”

她说:她刚知道,她前世因给人强奸而嫁不出去,而强奸她的人,正是他徐福生的前生!

超能力杀人欲望

他恶狠狠地举起了手枪。

那黑洞洞的枪口，对准了那八婆①。

那八婆惊慌失措，几乎就瘫在桌子对面的椅子上。妈的！平时横行霸道，今天你也知道害怕了吗？死八婆！老子不发威就当作是病猫，不给你一点厉害看看，你还不知道我李长贵警长是个堂堂男子汉！

他看到那八婆高级督察强作镇定，努力坐正了，一字一字地喝道："李长贵！记着你面对的是你的上司！我命令你，立刻将警枪放下来，不要这样对着我！不然的话，不要怪我无情！"

可是他听得出那声音颤抖。

是害怕吧，这八婆？

不要说一个女流之辈了，便是一个大男人，面对着随时发射的枪口，有谁可以一眼也不眨？这八婆平时也真够大胆了，可是现在面对的是死神呀！

他有一种恶意的满足，冷笑着，拉长了音调："嗯哼，你说什么？我——好——惊——呀——"

那八婆铁青着脸，叫道："李长贵！男人欺负女人，已经够堕落的了，一个带枪的男人欺负手无寸铁的女人，那就堕落得不可救药了！"

妈的这婆娘到了生死关头还摆臭上司架子，不给她一点教训是不行的了！他喝道："住嘴！你不要以为我只是威吓你！我分分钟可以送你归天！"

"身为警务人员，我从参加警队那一天开始，便准备好

① 八婆：粤语，多嘴多舌的婆娘。

有什么三长两短的了!”那八婆说,“我今天倒了霉,命就捏在你手里。你要我怎么样,你说吧!”

“我要你怎么样?看你徐娘半老的样子,我总不成要强奸你吧?”他大笑,“我今天要向你讨个公道,为什么你事事都针对我?”

“我针对你?笑话!你以为我很空闲呀?”她很不屑的一副表情,“讲实在话,你根本没有在我的脑海中留下印象,又怎么会去针对你?”

他怔了一下,过了一会才明白过来,她那意思是一向把我当成是透明物体!

越想就越怒,越怒就越心理不平衡,热血直往他脑门上冲,他的手颤抖着,胡乱往她身边开了一枪,打在她身后的墙壁上,她惊叫一声,软倒在椅子上,脸色苍白,吃吃地说:“你……你……”

“怕了吧?”他冷笑,“我还以为你是超人,不怕死呢。”

他猜想她已经给吓破了胆。再看看她那楚楚可怜的样子,他忽地涌起了一股怜香惜玉的男子汉感觉。

莫非这一向,他真的在暗恋她?

那个时候,他便听到一些流言,说她在好多同胞面前提起他:“……真是好笑了!暗恋女上司也有的!好心他啦![1] 也要自己照一下镜子,又不是十八二十二,一把年纪了,老婆孩子都有了,还这样不知道自重,说出来真让人笑话!要是给我老公知道了,那可是大件事!”

我有吗?他为这个问题所苦恼,也不知道该怎么把握自己了。他甚至暗自寻思,该不该去找她解释,表明自己并没有这个意思……

可是他还来不及找她,她就已经先下手为强了,在负

① 好心他啦:粤语,行行好啦,他!

责分配执勤时间表时给他穿小鞋，以致使他的收入大大减少。他十分愤怒，就算我李长贵对你有非份之想吧，那也只是想想而已，根本连一句话或一个暗示也都不曾有过。既然你这么无情，我也不让你好过，看谁更狠！那八婆不知如何便扑上前来，他连想都来不及，便扣动扳机，只见她连椅子摔了下去，满面流血……

他看到飞虎队在屋外重重包围着他，喝令他弃枪投降。他知道他逃不出去，这才觉得有邪魔侵入他的灵魂。

一种超能力，使他不能抗拒杀人的欲望。

赴 约

神志不断溃散却仍有一些感觉，他知道地面上的人们正用先进仪器在忙碌地探测着，只要自己还有心跳声，他们总能把握到生命的迹象吧？

可是，他不知道自己到底能够支持多久。

只是轰然的一笑，便觉天旋地转，全身疼痛地醒了过来，眼睛睁不开，连呼吸也越来越困难，他许久都不清楚自己置身何处。黑洞！这个词突然跳到他脑海里，却完全不明白那意义。

他只记得明明是阳光灿烂的白天，自己怎么一下就陷进这样黑暗的世界？莫非……莫非自己盲了？恐惧地那么一想，使劲要翻转身子，哪里能够如愿？

只听得上面的人声嘈杂，好像还有“呜哇——呜哇”的警号声，凄厉刺耳。你们快掘开这瓦砾呀，我在这里！他想要大叫，喉头像闷雷般咕噜了一下，声音却给堵住了。

这时他才充分认识到，有阳光真好，有空气真好，能够看到能够听见能够活动能够把意思传达给别人真好；可是这再平常不过的一切，如今对他变得只可想而不可即的了。他毫无道理地被陷在这暗无天日的地底深处，除了被禁锢的生命，便一无所有。

尽管心里极端抗拒，那黑暗与冰冷与窒息，却渐渐迫使他的意志力溃退，他不得不承认，死神正步步逼来。他的心在哭泣，此刻纵有万般辛酸苦楚，又能够向谁倾诉？

思绪飘荡，没着没落。他忽然想到安妮，一股温热的暖流立刻漫过他的心田：她那歪着头微笑的姿态，好像小鸟悠然飘过他的眼前……他知道他心中萌动着青春的热情，为了安妮的一句话，在这个星期天的下午，他巴巴地从上水赶到中环。这条小街，他每天上班都要穿过，他从不觉得有什么危机；今天本不该出入，但鬼使神差竟教他踏上这条不归路；莫非这都是命中注定？那开口相约的，到底是安妮还是阎王？在断气前，安妮戴着凄厉的面具跳进他脑海，只一晃，不见了。

最后一班地铁

深夜时分，他在天后站等候最后一班地铁。

月台上冷冷清清，只有他一个人。饶是他一向大胆，飘来的一股冷风，也不禁叫他打了个冷噤。

是有阴森森的感觉。

但车子依然没有来。真怪！

他一走神，刚刚回到现实，猛然便见到一个长发少女，轻盈地走到他身边，站住了。

他望了她一眼，一时怔住了。

虽然他身处影圈，见过美女无数，但却从来也没有一个有眼前这一位这么漂亮的。

他没有想到，以他在情场上打滚的老到经验，竟也制止不住意乱情迷，心跳加速。是血脉贲张吧？

他暗暗警告自己，千万不要一世英名，今晚栽倒在这位陌生美女手上……

虽然理智在严重警告他，但在情感上的倾斜，却令他身不由己。他本想要保持沉默，但哪里又控制得住？张口便搭讪起来。

"小姐，这么晚了，你怎么一个人，啊？"

那位少女瞟了他一眼，嘴角含笑，娇滴滴地说了一句："晚吗？我不觉得呀！"

那媚眼流转，那嗓音勾魂慑魄，他只觉得此刻即使立刻死去，也是心甘情愿的了。

心猿意马。胆怯刚去，色心又起，在这样的一个地下的夜晚，假如能够和这个绝色美女有什么肌肤之亲，那就真是不枉此生了！

但是，萍水相逢，有什么可能？自己又不是潘安再世，哪里有什么资本？

就这样撤退，他又于心不甘。不试一试，就完全没有希望了；如果孤注一掷，即使百分之九十九不可能，总也还有百分之一的可能呀！

他不肯放弃这宝贵的百分之一。

而且他也找到了一点"理论根据"。

是东尼告诉他的吧："女仔嘛，最要紧的就是跟她甜言蜜语，但态度绝对要真诚。"

东尼说："只要诚恳，不论怎么样高傲的女性，也总会有回应。"

当时他就暗想，这个东尼在情场上无往不利，莫非依恃的便是这个秘密武器？

但是他不能肯定。

东尼说，他就曾经碰到一位令他情不自禁的美女，他很绅士地走到她面前，问她："我可以摸一下你的手吗？你的皮肤这么漂亮……"那少女并不像在电视或电影中的镜头那样大叫非礼，只是很有风度地笑了一笑，说："如果你希望这样的话，我不反对。"

东尼是怎样摸那少女的手，他也不清楚，但这时却令他想入非非了：假如我可以摸一下这绝色美女……

如何入手，只好凭自己的感觉临场发挥了。

他说："以后这么晚出来，你该请一位男士陪着。"

"我没有呀！"她又笑，"我一个人觉得很好。"

"不如今晚就让我做护花使者，好吗？"他又问。

"你行吗？"她说，"我不知道你有没有那个能力。"

"当然有啦！"他忙道，"我从来不说假话。"

"但愿如此。"她说，"我也希望有人保护我。"

他立刻跟进："小姐，我可以摸一下你的手吗？"

那美女点点头："如果你愿意，请便。"

他大喜若狂，伸手去摸，竟冰冷一片。他大吃一惊，抬头看她，只见她含笑的眼睛发着凉光。他吃吃地说："你……你住在……哪里？"她笑得更加冷峻："我就住在这里。"

他慷骇得几乎晕倒，再睁眼，哪里有什么美女？再一细想，这最后一班地铁迟迟不来，是不是也中了邪？

卖身邪灵

他决心去寻找深山里的那个降头师①。

一直以来,他以为只有在东南亚,才能够找到降头师;没想到香港也有。艾力克悄声对他说:"没有多少人知道的,而且也很难找。不过,心诚则灵,只要你努力,我想一定没问题,祝你马到功成!"

艾力克向他现身说法,不由他不信。

论条件,艾力克哪里比得上他?但是艾力克就是比他吃香,那些女性都喜欢艾力克。他向艾力克请教,起初艾力克也只是闪闪烁烁,不肯正面回答,问得急了,他这才神神秘秘地说:"这是爱情的力量……"

是什么样的爱情力量,艾力克就不说下去了。直到这一回,他又在欢场上遭遇滑铁卢,艾力克才说:"唉!云生,你也太窝囊!这样下去,怎么混饭吃?还是让我指给你一条路走吧!"

这一指,便指向深山密林处。

艾力克解释说:"……我已经准备退出江湖,我退出江湖,不能无后,我看你潜质甚佳,就成全你了吧!"

那也就是说,从此以后,可以在花丛中打滚了?

如此的诱惑,哪能抵挡得住?就算是前面危险重重,也顾不得了,何况险中取胜,将来回味起来,自然也更加兴味无穷。

他满怀热望地对那降头师说:"……我要爱情降……"

降头师望了望他,说了一句:"以你的外表……嗯,不用爱情降,是很难有女性看上的了……"

---

① 降头师:东南亚一带的一种巫师。

他忽然觉得不忿，叫道："我不是没有女朋友，只不过我要有很多女朋友，而且要她们对我死心塌地……"

降头师奇道："你也太贪心了，一个还不够，要那么多干吗？小心你的身体……"

"我当然有我的道理。"他说，"我要财色兼收，有女人，她们还要给我很多很多的钱……"

"哦，当姑爷仔。"降头师哼了一声。

"怎么？"他问，"不做我的生意了吗？只要你帮我做，我就给钱……"

"我们这一派，是邪灵。"降头师笑了一笑，"我们并不主持什么正义，只要你给得起钱，那我就照做。做生意嘛！最要紧是有钱收，其他我就一概不管了。请来之后，好好坏坏，都与我无关，你自己好自为之吧！"

不入虎穴，焉得虎子？即使要冒一点险，为了达到自己的目的，也是在所不惜的了。何况他十分相信这降头师，有艾力克这活生生的例子为证。

两万块的代价，似乎贵了些；不过小财不出，大财怎么来？

说穿了，这也是一项投资，既然是做买卖，当然不能没有本钱。盘算的结果，除笨有精，何况还有女人？

艾力克也并不是没有提醒过他："在脂粉丛中打滚，你以为艳福无边呀？其实很苦的呀，到时你就知道……"

但他无论如何也不相信。自己才二十出头，有着无穷的精力无处发泄，怎么会苦？求之不得哩！

降头师说什么，他便依照吩咐去做。他想，降头师作法之后，我便是美女争相投怀送抱的"白马王子"了……

他赤裸着上身，看到降头师拿出一小瓶黄水，然后用毛笔沾上，在他的身上画符。

他问道："这是什么东西？"

降头师沉沉一笑："是尸油。从死去的孕妇身上提炼出来的……"

他大吃一惊，降头师却已把那沾上尸油的毛笔迅速地涂抹他的嘴唇，他大叫一声："干什么？"同时有想要呕吐的感觉。

降头师却拍了拍他的肩膀："此后，你只要吻一个女的一下，她在三年内必会死心塌地跟着你……"

一想到艾力克，他不能不信，惟有任那降头师摆布了。

食 言

虾头本来也不知道，这个地段竟会有这么好的生意。

当初只是抱着试一试的态度，摆卖 CD 档。没想到因为油麻地的这条横街有个地铁站出口，人来人往，特别是到了晚上，更是客似云来。

买 CD 的顾客以年轻人为主，他们很敢消费。特别是拍拖的年轻男女，只要女的说一声："哗！刘德华的新碟！买啦！这么便宜……"男的还能不乖乖掏钱？

从境外走私而来的翻版 CD，每张成本只需要四元至六元，到了"拆家"①手中，变成了八至十元，虾头以十二至十六元的本钱入货，再以三十五至四十元一张或者一百元三张卖出，利润十分丰厚。他笑着对他的马仔说："我找的这条财路，劲吧？只要一个晚上，就可以赚他两千块钱，有什么生意能够这么好赚？"

而且立刻布置他们也都摆 CD 档，多达二十处，垄断这一带的 CD 市场。他吩咐他的马仔②："白天你们懒懒散散都没有关系，不摆也行。但晚上生意很肥，特别是九点之后，闲闲的两个小时卖一百张 CD，可不要浪费发财机会！"

花弗云一脸媚笑，道："大佬，这样风生水起，你该好好还神了！"

他一愣，是啊，当初去那寺庙求财转运，便曾经许愿，只要能够发财，他必得好好酬谢神恩。

也有人对他说："这个世界，有得必有失，哪有那么便

---

① 拆家：粤语，把货物分销出去的人。

② 马仔：粤语，手下。

宜的事情?”他拍了拍自己的胸口说:“我虾头男子汉大丈夫,顶天立地,只要满足了我的发财愿望,不管要我付出什么代价,我也不在乎!”

但如今赚了钱却忘了还神,他不由得心里发毛。还是应该补拜一下吧?可是他又想,这类事情,也不必太认真,只要自己心诚就可以了。

就在这时,花弗云跑过来向他报告:“大哥,不好了,大概看到我们这里好捞,各路人马都杀了过来,摆档与我们争食,怎么办?”

“卖的是什么?”他问。

“手表啦,衣服啦,熟食啦,玩具啦,什么都有。”花弗云急道,“再不制止不得了!”

“算了!”他挥一挥手,“只要不摆卖CD,我们都不必管他了,各卖各的,井水不犯河水,也不会影响我们的生意。”

而在他的内心里,觉得这也是作为自己向神恕罪的一种方式。只要能够赚钱,也就算了。直到摆CD档的也侵入了,他才紧张起来,他跟花弗云带几条大汉,找那个侵入者摊牌:“你们要在我们的地头摆CD档也可以,但是每天要给我们交五千块钱!不然的话,嘿嘿……”

不是交费,便是收档,别无选择。

但是那个盲炳却一口拒绝:“哗!无端端给你们五千块,那不是好过抢?你回去告诉你的大佬吧,我们不会交费,也不会收档,这地方也不是你们的……”

虾头一听,怒从心头起,立刻召集手下,问道:“他们这样踩到我们头上来了,跟我们争食,如果我们不强硬对付,只怕会给他们蚕食,甚至赶尽杀绝!”

“与他干!与他们干!”手下群起汹涌。

花弗云更带头呼叫:“和档口共存亡!”

于是带领人马去谈判,想要讨回个公道。但是几次面对面争得拍桌子踢凳子,对方也都不肯让步。

虾头问手下："怎么办？"花弗云立刻说："劈友①啦！"

决定三天后动手。"不过这几天我们不要露出痕迹，不要打草惊蛇。"他吩咐道。

这一晚照常摆档，天下起雨来，顾客稀少，虾头正在巡视档口，突然跳出一群大汉，手持西瓜刀，全往他奔来。他大吃一惊，回头叫花弗云救驾，哪里料到花弗云逃得比谁都要快。他没跑得多远，就被那群大汉从四围赶到，刀刀尽往他要害处砍来，然后呼啸着逃去。

他奄奄一息地躺在湿漉漉的街上，灵魂正在离开肉体，有个若近若远的声音在他耳边嗡嗡作响："你违背诺言，必要付出惨重代价！"

---

① 劈友：粤语，黑话，拿刀去杀人。

隐伏的戾气

永昌老觉得他老爸不顺眼,但想来想去也想不清楚,到底是什么地方让他有一股格格不入的感觉。

人家都常常用羡慕的口吻,对他说:"昌少,你就好啦!老豆①大把钱,包你一世无忧。喂喂,做个二世祖,真是太好了!不像我们,天天要挨……"

那当然。钱?我昌少从来就不放在眼里,没有了就向老爸要。

也不是老爸疼我,每次要钱,老爸都会皱起眉头,黑口黑脸地说:"又是钱?昨天才给你一千块,怎么今天就没有了?你不要以为你老豆是开金矿的!"

"老豆,一千块很大数目吗?你看看现在的物价,我上一次卡拉OK都不够啦,一千块!"他哼道。

"怎么不够?是不是你请客?请客当然不够啦!"

"当然我请啦!"他撇了撇嘴,"谁不知道我是孙公子?大名鼎鼎的富豪孙至白的独生子!如果这么一点钱我都出不起的话,我以后还想在这些手足面前混?讲真啦,老爸你的老脸也会让我丢光!"

"你……"老爸气得说不出话来。

"唉,算了算了,"老妈赶紧跑出来打圆场,"钱是身外物,不要伤了父子和气。你就给他吧,你又不是没有。一个男人,都二十一岁了,身上没有一点钱,怎么行?"

"是啦!还是老妈识做。"他骑骑笑②,"最好呢,老爸,你就给我申请一张附属卡,免得我老开口向你要。"

---

① 老豆:粤语,父亲。

② 骑骑笑:粤语,嘿嘿笑。骑骑,象声词。

老爸愤愤扔下一千块钱，迸出了一句："你以为我坐在这里就有钱收呀？"

他钱也收了，但是心理却不平衡起来。这个老爸，也太他妈不给我面子了！

那些损友也纷纷加油添醋："昌少，你老豆的身家，不就是你的身家？现在连钱都舍不得给你，将来他百年归西，大概也不会分给你的了！这还有天理？"

"不给我？不会吧！老家伙就我一个儿子，他不给我给谁？"他不以为然。

"嗨！昌少，这你就不明白了。"损友说，"他可以不给你，全部财产捐给慈善机构呀！你吹咩①！"

一语惊醒梦中人。他恨恨地想道，按照老爸的态度，这真不是不可能发生的事情。他对老爸的反感越来越深，他甚至奇怪，人家都说父子情深，有血缘关系，总该有亲切的感觉，但他却没有。

不但没有，甚至有股戾气翻腾。

夜深人静，午夜梦回，他也不是没有忏悔过，像这般的不孝，该会天打雷劈。但这念头也只是一闪而过罢了，尽管他也试过想要真诚与老爸心贴心，但他做不到，只觉得好像隐隐有一堵不能越过的屏障，叫他无法找到沟通的门路。在睡梦中，他挣扎着、哀嚎着，有一团乌黑的影子铺天盖地而来，把他紧紧笼罩，他看不见太阳，也看不见月亮，只有绝望的一团伸手不见五指的漆黑。好不容易摆脱了，看到几点星光，忽地乌鸦的一声恐怖低沉的惨叫，星星坠落了，那横过来的，不是老爸是谁！他只感到一记重击，大叫一声，醒了过来，额上全是冷汗。

他一看到老爸，心里就越来越不舒服。

---

① 你吹咩：粤语，你奈他何！

偏偏老妈又猝逝，本来设在他与老爸之间的缓冲地带一旦撤去，他与老爸便面对面地冲突了。

还是为那张附属卡吧，老爸坚决说："不行！"他怒从心头起，太不给面子了！天娜好几次嗲他："你堂堂一个孙公子，连附属卡都没有，鬼才相信！"再拿不到，还有什么脸面跟这个美人歪缠下去？

老爸却冷笑着说："那是你昌少自己的事情。"

隐藏在他体内的凶残决堤，他抄起一把刀就劈了下去。忽然，他发红的眼睛看到旁边不知何时飘来一张发黄的报纸：二十二年前，一对刚生下男孩的年轻夫妇被逼自杀。

他狂乱地认定，那对夫妇是他的亲生父母，而逼害他们的凶手，就是他一直以为是他的父亲的孙至白。

招　呼

老妈的嘱咐，总是令她印象深刻。

那个时刻，老妈不知上哪个寺庙求了一道灵符，贴在大门上，然后叮嘱依琳说："喂，你千万要小心……"

原来老妈认定这屋子不太安宁，经人介绍，便去寻求保护。

母女俩一直相依为命，依琳虽然不信，但是也不好违拗老妈的吩咐。

老妈说："……这几天深夜，假如有人在门外招呼你的名字，你千万不要答应。什么也不要去理会，懂吗？"

老妈说，这是高人的指示，不能不听。

依琳听得心里有些发毛，连忙答应说："你放心好了。"

但是一星期过去了，也没有什么异样发生。

老妈说："没有事情就最好了。高人都说了，只是预防万一。没事那就证明一切平安，我们往后也就可以安心了。"

依琳想要笑话老妈几句，不过转念一想，老妈也是一片好心，自己又何必那么执著？于是也就把话题岔开了。

只是，从此以后，对于别人呼叫她的名字，便怀着一种惊恐的心理。

那是一种不寒而栗的感觉，是阴影吧？

人人都说她太高傲，大声叫她，她也只顾往前走，不要说答应一声，连头也不回一下。

她也不是没有对死党提起过那心理阴影，但死党却大笑："这样的事情你都好信的？真是世纪末心态！"

她也说不清楚什么叫做末世心态，不过给死党取笑一番，总觉得脸上无光。她甚至怀疑，是不是人人都看不起她，因为她中学会考以后考不上大学，只得出来打工？

中学毕业也只能在一家小公司当接线生罢了，她的自卑又令她很自尊，她不想有人看不起她，她要努力克服心理障碍。

于是不论在什么地方，只要有人叫她，她都会停下脚步，回过头来，大声地回应。这是礼貌，也是她的自我需要。

死党对她说："这才对了。这样就充分表现了你的乐观与自信。"

她也不知道是不是真的，不过却感觉到自己慢慢走出了自闭的死胡同。

这一天下班，在夕阳的余晖下，她正在尖沙咀闹市，不知为什么她不想回家，便顺着人流四处乱逛。

夜色慢慢笼罩下来，那五颜六色的霓虹招牌闪烁不已。她也记不起有多久没有这样轻松自在地逛夜街了，只不过一个人未免有些寂寞，要是有个男朋友陪伴，该有多好……

突然便一惊，哎呀莫非这就是少女怀春？脸上立刻热辣辣地烧了起来。

她下意识地向两边一望，并没有人留意她，这才放下心来，但逛街的兴味已经索然。

她横过马路，走到中间，忽然听到隐隐约约有个男声在呼叫："依琳……"她习惯性地停下脚步，回头寻声望去，夜色茫茫，灯红酒绿，哪有什么人招呼她？她正自疑惑，一辆车子急驰而来，当场把她撞得轻飘飘地飞了出去。

诱

他想来想去，一咬牙，回就回吧！

都三年了，还会有什么事？

何况，香港警方都说了，死因报告已经完成，希望他回港协助作供。也就是说，她死，不关他的事。

那时变卖财产携带巨款离开伤心地飞回温哥华，完全合情合理，反正他早就拥有加拿大居留证。太太去世，独个儿留在香港有什么意思？

但心却仍在怦怦乱跳。

再想想，再想想。到底回不回香港？

一连几夜都失眠。在梦中他告诉自己，算了，已经远离香港，又何苦跑回去自寻烦恼？人家爱怎么想是人家的事，自己乐得逍遥才最要紧。可是灵魂却缥缥缈缈地给牵引着，好像有个女音在对他说："去吧！去吧！你该去香港一趟……"

他摆不脱那个声音，只要他稍微清闲一点，它便袅袅地在耳畔响起，教他无可逃避。

他觉得，假如他不遵照那个声音的指示去做，他便会给折磨至死。要那些钱没福享，有什么鬼用！

已经没有什么选择的余地了，即使因恐惧而在心理上拼命抗拒，他也无法不踏上飞回香港的航程。甚至坐在飞机上，他也弄不明白自己，就这样轻易地回去，是为了心安，还是有一种不可知的力量教他再也无法按自己的意志行事？

人已在东飞的航机上，即使后悔，也没有能力叫机长把飞机掉头或者转向。这时他的头脑好像清醒了，思路也清晰起来，这算什么呢？贸贸然就上了飞机，事情发展到怎样的地步，我一点也不清楚，他们在暗处，我在明处，要是他们算计我，三两下就可以收拾了。我为什么会那么笨？这一惊，他竟冒出了冷汗。

无法再回头，只好听天由命。他在纷乱中手足无措，恍惚又听那女声娇笑着安慰他："没事没事，你转一圈，以后就可以安安稳稳，没人骚扰的了……"

那声音好像有一股魔力，搔得他的心十分舒服，人也慢慢睡去了。

一觉醒来，飞机已飞到香港上空。他重新调整情绪，告诉自己说：过关罢了……

没想到递过去的证件竟然召来了警察。他听到那警察对他说："警方怀疑你与一宗谋杀案有关，请你协助调查……"

那个女声好像又在他耳畔咯咯笑着，咦，这声音怎么那么耳熟？

他的心突地一跳，那是太太 Rosemary 的嗓音！可是，可是她三年前已经被他诱杀在飞鹅山呀！

空 手

银行的自动玻璃门在他面前弹开,他迟疑了一下,便抬脚走了进去。

环视了一下,人龙排得很长。他想了起来,今天是周末上午。

在另一角的桌面上,书写员正忙着为客户填写单据;他上前拿了一张取款单,又向四周张望了一下,便走到一边去。

他慢慢翻开存款簿,慢慢地填写账号,不时看看两边,才又慢慢写上名字,想了一下,觉得不对,一把将那单子揉了,刚要扔掉,忽地又止住了,重新将它摊平,然后用力撕成碎片,丢进垃圾箱里。

他又拿了另一张取款单,不再看存款簿,随意填了账号与自己不认识的名字,吸了一口气,再望望人龙,也已短了。

总觉得有灼灼的目光从四面射了过来,如果再不移动脚步,恐怕随时都会招人怀疑,他只好走上前去排队了。

前面只剩两个女的。平时排队,希望越快越好,但这次他却有异样的感觉,最好整个世界立刻便冻结起来,不必再运动。但,终于,一个窗口亮起红灯,召唤他前往。

不可抗拒。

他咬了咬牙,趋上前去。

隔着玻璃窗,他看到那小姐有一双令人心跳的明亮眼睛,教他的心在刹那间狂跳。

"有什么可以帮你忙啊,先生?"是那小姐娇滴滴的声音。

他一惊。这个时候,自己还这般有些色迷心窍,简直不要命了!他定了定神,勉力展颜一笑,将那取款单塞了过去。

“存款簿呢?”那小姐低着头例行公事地问了一句,忽然惊叫着迅速蹲在柜台后面;几乎就在同时,整个银行里的警钟声大作,他见到所有的银行职员一下子就躲藏得无影无踪。

他知道是他写在取款单后面的两个字起作用:“打劫。”

还没有搞清该怎么做,警察已经蜂拥着围困而来,其中几个冲上前来一拉一扯之间,就把他当场摔在地板上,动弹不得。

当他被架了起来,并不承认自己蓄意前来抢钱。警察指着那“打劫”两个字,他茫然地说:“那根本不是我的字,我没枪没刀没武器,打什么劫!”再盘问下去,他却说他去澳门赌钱,输得一塌糊涂,借了高利贷,三条大汉押送他回香港取钱赎身!

警察闻言,又全副戒备地涌到银行外面去,但哪里有什么大汉的踪迹?三条大汉怎么成了隐形人?那“打劫”两个字又到底是谁写的?他越发说不清楚了。

莫非自己进银行,目的就是让警方插手,免得被人掳走?他脑海一片茫然。

一样的号码

不知为什么，近来手风不顺，打麻雀老是输钱，去澳门博杀，也都次次铩羽而归。

口袋中的钱，已经所剩无几了。

好在是单身汉，不必背家庭的包袱；不然的话，自己可以不吃，小孩怎么行？

正想得浑浑噩噩，耳畔突然响起一个声音："先生，你的气色很好呀……"

他循声瞥了那人一眼，噢，是个胖胖的中年汉子，正笑嘻嘻地望着他。他没有理会，继续走他的路。

无非是江湖术士罢了，要是接口，立刻就会提议算命。他在心里冷笑。又不是没有见过世面，这点雕虫小技，也来献丑？

所有的骗徒，几乎都是这样入手的。他因为曾经受骗，不由得对于这类伎俩，抱着极度厌恶的心理。

但那汉子似乎看不出他的不屑，依旧跟了过来，絮絮地说："先生，你听我说，你的气色真好，不瞒你说，我看你红光满面，眼前必有财进。财神到，你都不接，会破财咧！你真要好好想一想……"

有财运？他的心一跳，不由自主地停下脚步，半信半疑地斜眼望着那汉子："当真？你说我有财运，有什么证据？"

"天机不可泄漏。就算有证据，我也不可以告知你。"那汉子微笑着，"不然的话，就不灵了。做我们这一行的，是很忌讳的。"

哼，凭这么三言两语，就想骗我上当，没那么容易！他本想一走了之，念头一转，却又止不住讥讽着说："这个世界无奇不有，我都领教过了。我就上过当啦，几百块钱买个教训,对我来说,也是好的……"

"你这是把我看成是骗徒了!"那汉子大笑,"你信也好,不信也好,我还是要照样告诉你,财神已经在你面前徘徊,你接呢还是不接,那就要看你的造化,与我无关。"

说罢,那汉子便扬长而去。

他一愣,连想也不再细想,便拔脚追了上去,一把拉住那汉子:"你给我指条路吧!"

那汉子微微一笑:"我也不跟你一般见识。这样吧,你找一张白纸,写上六个号码,不要给我看,收起来。"

他并不明白是什么意思,不过也不再追问,便照做了。他已经到了这样的一种境况:只想揭开那奇幻的谜底。

那汉子问他:"写好了?"接着便也在一张纸上写了什么,"现在我和你同时把白纸摊开。"

一看,他傻了眼:怎么两张纸上的六个号码一模一样?

他身上只有两百块钱,却犹豫着该不该交给那汉子去投注六合彩。

投胎转世也不走

自从莉莉离去之后，有好长一段时间，他都借酒消愁来过日子。

回想起来也怪自己，自以为对她有恩，她嫁给自己，也就变成天经地义的了。

也不是没有听过一些议论："莉莉才貌双全，是个典型的美人，追求她的人，从尖沙咀恐怕都可以排到旺角，轮都不会轮到他严景良啦！"

他听了之后，也十分难受。

是的，他既没有什么钱，也不英俊。只不过是一个娱乐周刊的小编辑罢了，凭什么跟那些穿金戴银的公子爷斗？恐怕一过招，刚打个照面，还没有动真格的，便已经兵败如山倒了。

他有自知之明。

但是他却舍不下莉莉。她那娇美的面容，叫他失去了一切理智，只是想尽办法想要把她娶到手。

他告诉自己说：哪个男人不好色？美女当前，而且是自己有恩于她的美女，我严景良既不是柳下惠，又怎么可能无动于衷？

莉莉依偎在他怀里，软软地说："阿良，你信我啦！我不是个忘恩负义的女人，我不会背弃你的。不过你要给我一点时间，等我觉得是适当的时候，我便嫁给你。除非我不嫁人，不然的话，我一定嫁给你……"

她的话都已经讲到这般程度，他也就无话可说了。他不想显得过分勉强她。

但他却到处去散播他对于她的恩情："……她？当然

是叻女[1]啦！我一早就看准必有今天！当初我帮她，就是觉得她是可造之材，凭我对娱乐界的了解……当然我也不是想要她回报，但她明白我付出的心血……”那些朋友们便起哄：“良哥，你跟莉莉简直就是郎才女貌，天生一对，地上一双！”

也有人冷言冷语：“喂，阿良，你想清楚呀，人家现在是明星，可不是初出茅庐的纯情少女。她见的世面，恐怕比你要广得多……”

他听得一怔，心也禁不住酸楚起来。他知道这是铁一般的事实，不可改变。

但转念一想，哼！人性恶。这条友大概是出于嫉妒吧，看到我将夺得美人归，心理便不平衡；当然也就不会为我说好话啦！最好就是能够看到我和莉莉一拍两散……

心情立刻转好。

特别是听到莉莉人前人后都扬言：“良哥是我生命中最重要的男人，如果没有他，就不会有我袁莉莉的今天！”

他甚至为她着急：“喂喂，你在那些记者面前，可不要说得太尽。现在的影迷，还是抗拒心中偶像有情人，你该对外宣称没有男朋友。”

她只是笑了一笑，淡淡地说：“那有什么关系？”

好像为了证明她的真心样，立刻决定和他结婚。

他也觉得好像有些不成熟，但是他却舍不得斩钉截铁地对她说：“再过两年吧！”他心里也隐藏着一种危机感，只觉得那种关系是十分脆弱的，好像随时都会给一阵风吹断；一旦结了婚，那又大大不同。

美人在抱，便是自己的，“领了牌嘛！”他春风得意。

万万没有想到，结了婚也还可以离婚。他起先不肯，

---

① 叻女：粤语，精明的女孩。

但莉莉冷笑:“你肯也好,不肯也好,都是离定了。假如你放过我,就快一点,假如不放过我,我也要分居。”

也就是势在必行了。到了这种地步,他唯有签字。

他也没有想到,莉莉很快就嫁给了李公子。尽管他的朋友们回避在他的面前再提到莉莉,但他却总认为他们闪烁的眼光里暗藏着讥笑的内容。

他成了酒鬼,只觉得人生实在太没意思,不如一死了之。他的灵魂飘飘荡荡,忽地见到莉莉在待产,还未等他弄明白,忽地被一股力量猛地一推,他便往那黑洞里直跌下去。不一会他便被护士倒提着双脚,只听她叫了一声:“是男孩!”

意 外

实在不该那么疯狂的。

只不过是为了高高兴兴度过这除夕之夜，为什么还要拼命与别人相争？

但那气氛太过热烈，叫二十岁年轻的血液沸腾不已。

情不自禁，并不是蓄意凑热闹。

人人都如醉如痴，谁能抵挡得住青春的冲动？这真是一个醉人的晚上，所有的烦恼与苦闷，乍然给放逐到天涯。

人生得意须尽欢，这个时候不癫一下，难道还要等到愁闷来临？

那巨星的演唱真的具有煽动力。是因为歌唱得好，还是因为偶像的魅力？不知道不知道，场内欢声如潮，把他的心卷过来又抛过去，他不能自已了。又岂止是他，阿怡也紧紧抓住他的手，一直叫喊。

但他现在躺在冰冷的水泥地板上，灵魂出窍，只看见许多人围观自己的躯体，阿怡扑在他身上嚎叫："阿杰，你醒醒！你不要吓我！你快些醒来呀……"

我也想回魂呀，但却不能。灵魂飘荡，就是回不去了。"阿怡，我在这里！"他想这样大叫，但却发不出声音。他可以看到阿怡，但阿怡却看不到他。

阴阳相隔，海角天涯。

难道这一跌，就把我和阿怡狠心拆开，再也不可以手牵手漫步人生了么！我才二十岁，我还没有活够……

其实也只是一时的冲动罢了，看到巨星趋向观众，人群沿着台阶下涌，他连想都没有想，也跟着冲了下去。

没想到台阶是这么地窄，这么地陡，在推推挤挤中一个踩空，竟从十几级直摔了下去。他只觉得心中一荡，还没想清到底发生了什么事情，后脑已经狠狠地摔在硬地上，眼前只一黑，便什么也不知道了。

是乐极生悲么？

阿怡的嚎啕大哭声，直叫他心酸。他想安慰她，又不知道该怎么出声。而且，即使开了口，她也不会听得到。

真没想到在这样的夜晚，一个意外足以致命。他还以为自己拥有大把青春，即使扔了出去也很快可以收回来；现在他才知道生命原来是这般地脆弱，它好像流水，一去不复返，想要追逐，已经无能为力！

也不能怪别人。只怪自己。

我这一撒手，便两袖清风地飘走了。也许再也不必有那么多的喜怒哀乐，可是丢下阿怡一个人，真不忍心。但愿时间果真可以医治她内心的创伤。他想：时间对于他，却已变得毫无意义了……

狂 欢

她只觉得浑身飘飘然，不知身在何处。

哦，记起来了。这一晃，一年就过去了。

青山的歌声似乎不老。不过，比起他最红的那个年代，当然不如了。现在？现在早已不是国语流行歌曲的天下，只有粤语歌才能受欢迎。但青山唱的国语老歌，还真的有韵味。这种韵味，现在的人未必喜欢，可以纵横天下的，只有“四大天王”。台湾的林志颖，也能够掀起热潮，不过恐怕不是歌本身的魅力，而是因为他是青春偶像。而在一年前，林志颖还没有“登陆”香港呢。只有青山的歌声回响，那缭绕在海城夜总会里的，是那首《寻梦园》吧！

其实海伦最喜欢的，也未必是青山唱歌，她只不过喜欢那新年的热闹气氛。

特别是钟声敲响的那一刹那。

倒数：十、九、八、七……

当新年来到，全场欢腾。

气球爆破声，开香槟声，人们的欢呼声。

音乐奏起，在《友谊万岁》的歌声中，搭着肩膀跳起了舞。

那个时刻，真有飞翔着飞越两个年头的感觉。

甚至到了加拿大留学，她也还是很留恋那种感觉。

那种与艾力相依相偎，在温馨的气氛中度过的情意。

这次回港度假，她就催问他，除夕怎么安排？他却一味笑而不答。

急得她说：“……你再不去订座，到时哪里有位置？”

原来他早有打算。

她心里有气，莫非他舍不得这近千块的消费？一年一度喎，又不是出不起，他怎么这样斤斤计较？莫非学了鬼佬作风，也要跟我来个 AA 制，一人出一半？

但我们是中国人。

而且即使是鬼佬，情侣也不会 AA 制。

且看他有什么高招，也许他想到比“海城”更好玩的地方？

他一直都不透露。直到除夕傍晚，他才笑着说了一个地方。

久闻大名，但她却从未去过。她只听说，那里好像是同性恋者出没的地方。

各种想象一齐向脑海涌来，教她顿生一种又新鲜又刺激的神秘感。她瞪大眼睛，还没来得及说什么，却听得他说：“我办事，你放心……”

不放心又怎么样？难道临时换个男朋友去狂欢不成？况且这个地方……

大概艾力去过那里的酒吧喝酒吧！跟谁？你问我，我问谁？我问过他，他只是耸耸肩膀：“……等闲人还去不了那边喝呢！”

看他的表情，无非是说他自己有品味。

且看今晚这个地方又如何？她抱着一种走着瞧的态度，跟他去了。

没想到才晚上十点钟，人们已经挤满了横街窄巷。那种挤挤碰碰的人流，叫谁也身不由己地跟着被推着走。

她的手被他紧紧拉着，在喧闹的人群中，她听到他大声叫道：“你抓住我的手，不要放松，这不容易给冲散！”

真没想到场面会这样热闹，好像春节游花市一样。她完全给那气氛感染了，心中充满了欢乐。原来，他想的真周全！这兰桂坊敞开在夜空下，又自有一份大自然的清新气息。

她喜欢这种情调。

当元旦倒数开始，人群便互相挤拥，人人都处于高度兴奋状态，她在艾力的围拥下咯咯笑着，仰头却看见街角半空挂着一副现代艺术画,画面是一堆人型雕塑挤在一起,组成卵状主体,令她顿生恐怖的感觉。

钟声轰然敲响,汽笛的长鸣声到处传来,她看到高悬在路中央的金色大圆球立即裂开,一条写着“新年快乐”的红色布条,在飘然的七彩皱纸的陪舞下滑出,成了巨大的大标语。强劲的音乐奏起,男男女女齐声尖叫,她看见他张口说了什么,虽然就在旁边,她却什么也听不见。待要再问,她与他都已被卷入人龙中,只好随波逐流跳起蛇舞。

好开心啊,她忘却了一切疑惧,只顾跳着笑着。青春、热情。也许是醉生梦死?管他呢!元旦一年只有一次,此时不尽欢,更待何时?

本来就摩肩接踵,这舞又哪里施展得开?到最后也就成了摆动的人墙罢了。洋人在人群中大开香槟,大约是刚从那些酒吧涌出来的吧?那酒水喷了出来,洒在黑压压的人头中,引起一阵惊叫与骚动。有人又喷起彩色喷胶回敬,黏得她满头都是。

这时,她才发现艾力不知给冲到哪里去了。她惊慌地四顾,哪里有他的影子?在人潮中,她有一种无助感。一切兴致迅速溃退,她只想尽快离开这里,可是,她给挤在当中,哪能说走就走?

在人流中身不由己,只感到自己被推挤着往斜坡上走,忽然脚下一滑,她俯身倒了下去,立刻就有人压在她背上,而且越压越重,自己却动弹不得。喉咙窒息,脖子被扭断似的疼痛,她拼命睁眼想寻找艾力,但眼前却只有黑乎乎的一片,什么也看不到。

她的精力好像在逃遁,莫非这就要死去?她的神志渐渐迷糊,猛地,那挂在街角的现代艺术画的画面又在脑海清晰地一闪,她便什么也不知道了。

灵魂飘飘,离开她的躯体,她才发现她压在最下面,上面覆盖了五六层男男女女。而在附近的街面,全给酒水与喷胶涂得又湿又滑了。

死伤遍地，到处都是血渍与哀嚎声，刚才那狂欢的场面，哪里去了？猛一转身，她看见艾力爬在棚架上，兀自哀哀地哭。

他看不到我的，她想：而我也飘不回加拿大去了，那就在这里回荡吧……

异能

在灯光下，他突然抓住她的手，双眼直视着她，充满激情地说："呈秀，你嫁给我吧！"求婚？她吓了一跳，刚认识十天就求婚？

但不由自主地，心中又满溢着骄傲感。全城注目的特异功能奇人，今晚向她求婚！明天，明天一早，报纸娱乐版肯定大字标题刊出消息。

金童玉女？珠联璧合？有缘千里能相会？

简直就是一见钟情的故事了。

李善奇他长住五星级酒店，手上抓着"大哥大"，有钱有面子，十足是白马王子。提起他的大名，有谁不知道？那天晚上，她正斜躺在沙发上，观看镭射影片《本能》，忽然电话铃响起，吓了她一跳。

是一个陌生男子的声音。

谁这么神通广大，把电话号码都查出来了？

原来是那个奇人。

她立刻有些敬畏。据说李善奇能看穿别人的五脏六腑，她在刹那间有全身衣服被剥光的凉飕飕感觉，好像自己的命运也全都握在他手上。

见面？见就见吧。

他坐在她面前，尽数她的前尘与未来。她在惊疑中，更加拜服了。

而今他说："我在电视上一见到你的镜头，马上就知道，你正是我寻找的那另一半！命中注定，谁也逃不过去，你信不信？"

不仅相信，而且是意乱情迷了。

跟他走在一起，人人都投来钦羡的眼光，那种感受，只有身历其境，才会明白。此生也就是非君不嫁了……

可是有关李善奇负面的消息，不断地传了过来。父母和密友，全都劝告她："……小心……"

她的思绪乱纷纷，那七嘴八舌从她耳畔掠过，接收系统却只留住一句传言：只要李善奇看上的女孩，他一定可以弄得上手……

情迷红色“宝马”

提着大包小包从中环的“连卡佛”走出来，迎面的一股热浪又顿时把她卷进一团烦躁之中。抬头眯着眼睛望了一下那骄阳，心情一下子便暗淡起来。她也感觉到，近来，情绪极容易波动，喜怒无常。

都快五十岁了，莫非是更年期？

一碰到这个惊心动魄的字眼，她的思路便像受惊似地跳开了。

还是等的士……

怎么一辆辆红色的的士没有一辆是空的？早知道这样，真该强迫那衰鬼老公驾车送我来了！但他肯吗？昨天是周末，叫他送我上“半岛”，他也左推右托，赖在床上不肯起来。可是这星期天的中午该死的的士怎么没有一辆是空的？

她感到汗水从额头冒了出来，头昏眼花。掏出手提电话，直拨家里的电话，菲佣却说：“先生出门了！”

这个老东西！我前脚走，他就后脚溜，分明是避开我！想逃？没那么容易！

猛拨老公的手提电话，但传进耳朵的录音女声却说：“……你打的电话暂时未能接通，请稍后再打……”

妈的！分明是把手提电话给关了。

心突然一跳：无端把它熄掉干什么？肯定有什么不可告人的古怪！

愤然收起手提电话机，再度向路面张望，载了客的的士依然一辆辆地飞驰而过。

突然，她看到一辆红色的“宝马”从远处疾驰而来，一团火焰似的耀眼，把红色的的士顿时压得相形失色。怎么那么巧，这不是自家的车子么！她有一种获救的惊喜，待要扬手，却望见老公身边坐着一位美貌的年轻女郎，她呆了一呆，怒火陡升，连想也不再细想，便跳到街上。一种冲击的疼痛，她仰面便倒了下去。迷迷糊糊，疑幻疑真。晃动的人影，尖厉的警号，色彩缤纷，红橙黄绿青蓝紫……

悠悠醒转过来，那红色"宝马"的车主，竟是一个陌生的胡须佬。

她却一口咬定，这个胡须佬是她老公的替身。

赤 课 接 触

摄魂大法

美玉老觉得她的五岁独生子阿钦最近变得有些怪怪的,本来天真活泼,整天跑上跑下,要是他静了下来,那就意味着病了。

但是最近他却总是发愣,坐在窗口,便可以呆呆地一直坐上一个下午,有时叫他,他也好像听不见一样。

她跑过去摇晃他的肩膀,叫道:“阿钦!叫你怎么都不应?是不是不舒服呀,你?”

他慢慢转过视线,她看见他的目光呆滞,吓了一跳,几乎都哭了出来:“阿钦,你醒醒!不要吓妈咪!”

过了好一会,他的魂魄好像才回到体内一样,沉沉地叹了一口气,问道:“妈咪,我现在在哪里?怎么这么冷?”

冷?又没有开冷气!

她盯着他的眼睛,好像有一片云,慢慢飘了过来,他的眼睛恢复了光采,而且立刻活泼起来。

“阿钦,你刚才干什么?”

“刚才?我去很远很远的地方,我从来都没有见过的地方,差一点迷路,走不回来……”

她更加恐慌,忙一把搂住他,过了一会,才柔声问道:“你最近有什么不开心?”

阿钦想了一会,忽然扑进她怀里,叫道:“妈咪,我好惊……不开心……”

追问了半天,阿钦才告诉她,近来,每到半夜,睡在他下层床的婆婆便坐了起来,阴声细气地叫他:“阿钦……阿钦……”他不敢出声。

美玉的心一跳,立刻想到:会不会对阿钦不利?

不过,照理,阿钦是孙子,家婆没有理由会对阿钦……

事不宜迟,她赶快找她老公汉良。

汉良皱着眉头，眼睛发直说："你看恐怖片看得太多了吧？别忘了，那是我妈！你讲话小心点！"

美玉更加无助了。汉良一向几乎什么都顺着她，怎么现在也变了？难道……

但她不敢讲，讲了，恐怕只是徒增不愉快罢了。

是新婚不久吧，汉良的老妈说："我一个人住，没什么意思，我想要搬过来，有孩子给我看，也解闷。你们看好不好哇？我跟阿钦睡上下格就可以了……"

汉良立刻答应："好哇，当然好。我们住在一起，也可以大家互相照顾。好！"

她想要制止，也来不及。只恨得她几乎想要一脚踢过去，但还是要忍住。

等到她家婆走了，她才发作："喂，你不知道？相见好，同住难。跟你老妈子住在一起，住得好就无所谓，万一有什么冲突，你叫我怎么做人？"

他叹了一口气："有什么办法？她是我妈咪……"到了这种地步，她只好住嘴了。也不能逼他逼得太甚，毕竟他夹在中间也难做人。

也就这样祖孙三代同堂，好一副美满家庭的模样。好在人口不多，不然的话也不知道怎么个住法。

一向也相安无事，如今怎么冷不防就出了这么个怪事？她实在替她那宝贝孩子担心，但没想到连老公也不在精神上支持她。

她甚至怀疑，连老公也是中了邪。

到底是谁在搞鬼？她想来想去也都想不透。忽然有个念头在她脑海中一闪，但却不敢再想下去了。

那晚睡到半夜，突然醒来，心跳得十分厉害，再也睡不回去了。她爬起身来，想要喝一口水。

走到厨房，吓了她一大跳。

她见到家婆呆呆地望着她，也不说话。

而在地上，摆着阿钦和汉良的衣服各一件，上面贴着符咒，旁边还有烟香。家婆声音平板，一味说：“……你回来吧，跟我来吧……”

这家婆到底是什么人？她这么一惊，身子往后就倒。

原来要穿上女装

开山劈石的工程，搅动了漫天的尘土，志明眯着眼睛，仍觉得有泥沙渗入，他只好掏出手巾，掩住了脸。

简直便是黄沙万里了。照理，这情景该塞外才有的吧？怎么现在连香港也这样？

莫非是世界末日？

天色是这样混沌，连人们的心里，也一样那么混沌，每一个人都有恐惧感。

那是因为接二连三发生了意外死亡的事故，在这个荒凉的工地上。

他想起了阿雄。他与阿雄同住在一个工地宿舍里，每晚临睡前，总会与阿雄有一句没一句地胡聊。阿雄喜欢写信，三天两头便会趴在床前写呀写的。

他知道阿雄是给乡下的女朋友写信，便取笑道："喂喂，又发姣了①？你写得很频密，是不是怕女朋友跑掉呀？如果怕她跑掉，你还是多多回去看她更实际些！"

阿雄说："明哥，你不要笑我啦！我储够了钱，就回乡下娶亲。你知啦，我又没有什么特别技能，想赚多点钱，也只有这样的粗工才行……"

是啊，在盛夏的大太阳底下挥汗如雨地工作，假如不是为了钱，谁干？他忽然觉得，自己虽然土生土长，但也和阿雄这"阿灿"②一样挨，又有什么理由去笑话他？

---

① 发姣：粤语，发骚。

② 阿灿：上世纪七十年代末，香港一部电视连续剧中一个由内地偷渡来港的下层人物，后来泛指内地来港人士，有贬意。

他问过阿雄："你到底还要再储多久呀？岁月不饶人，不要等到钱赚够了，人也跑了！"

讲的是很直接，不过他觉得完全是一片好心。

阿雄笑道："我明白。快了快了，我也是要快赚钱，在最短时间赚到最多的钱，上了岸，什么也不理了。"

他知道大家都在躲避那个敏感的话题。

嘴上不提，但那事情却刻在他的脑海里。

那天，泥头机司机的阿豪正在驾车缓缓前进，突然间狂风大作，黄沙铺天盖地而来，把几十吨重的车子的车身盖住。阿豪大约也看不清外面的环境，只好把泥头车停了下来，用抹布把挡风玻璃抹干净，这时后面开来另一辆泥头车，大概也看不清阿豪的这辆车子，只一撞，阿豪连人带车，便跌下悬崖。

阿豪就这样死去，但是流言也开始在工地上流传，说阿豪并不是撞车死去，那一天根本阳光猛烈，是一个无风的上午，哪来的风沙？

传来传去，就成了一个恐怖的故事；只不过因为版本不同，谁也说不清哪个更可靠一些。

接着还有一个工人建生中午休息时躲在一个僻静处睡午觉，等到别人发现他不见了，到处找他。终于找到时，他已经在睡梦中死去。

阿雄忐忑着对志明说："明哥，这工地好像有点不对头，总之怎么看怎么觉得有问题，你觉得呢？"

"男子汉大丈夫，你怎么那么没胆？"他大笑道，"平生不做亏心事，夜半敲门也不惊。"

"我怀疑有什么不干净的东西，要不，我总觉得没有理由会有这么重的煞气！"阿雄坚持说，"我真的求神拜佛希望尽早完成这工程，我赚到这笔老婆本就走，以后再也不捞这一行，只要能够平平稳稳过日子就行。"

其实他心里也毛，但又放不下架子，只好笑骂："你这个阿灿，我也拿你没办法。”

那天晚上，阿雄照例又趴在床上写信。志明也没心思去撩他，便兀自躲在自己的床上闭目假寐，不觉便睡着了。等他醒了过来，只见阿雄仍然趴在那里，保持原来的姿势。他笑骂道：“起来起来，蹶着屁股好看哪！”不料，一掌拍去，阿雄便应声倒了下去，一探鼻息，早已没了。

他看到阿雄未写成的信中潦草写着：“……我对不起你……”

又有流言不胫而走：有个女鬼每晚都来找个男人做爱，做完爱男人便得死掉。

从此，志明吓得每晚睡前都涂上口红穿上女装，这是阿雄托梦给他，教他避开鬼的办法。

降头颈链

那个时候情陷南洋，艾力克绝对付出了真情，也并不是仅仅逢场作戏而已。

热带女郎热情如火，在椰树林里简直就把他所有的情感都完全融化了。每天他携美同行，在草地上晒太阳，到海边游泳，晚上便相依相偎在竹屋里，海风轻轻吹来，在月光下颠鸾倒凤，简直就是快乐似神仙。

艾力克何曾这么风流快活过？

二十五岁了，在香港虽然也交过女朋友，但是香港女孩眼角高，大概是不忧没人追吧，稍有不满，便把一切都写在脸上，这让他受不了。

也是因为和米雪闹翻，他才会跑到南洋散心。

其实也并没有什么大事情，那晚想去看电影，他随口说："去看梁家辉、袁咏仪的《姊妹情深》吧！"

不料米雪立刻叫了起来："啊呀！你怎么这么没有taste呀？港产片！又是港产片！你可不可以提高一下你的品味呀？不然的话……"

不然的话怎么样？要不要死呀？

他气上心来，哼了一声："梁家辉、袁咏仪也不是那么差吧？我不知道什么才是高品味！"

"当然是西片啦！《浪漫风暴》就肯定比《姊妹情深》好，你怎么不会提？"米雪说。

"哦，西片就一定好，港片就一定不好哇？"他虽然心里也认同，但到了这个时候，已经成了意气之争，他当然决不认输，"你这是外国的月亮圆的理论啦！我问你，如果西片真那么劲的话，为什么票房总是不如港片？我看西片才是劣片，不能比！"

"为什么？哦，照你这样说，人越多越好了？其实许多香港人口味低俗才真!”

“低俗？我认我认,我就是低俗,不像郑小姐你那么高档,你跟我在一起,简直就是辱没了你自己的高贵身份,我过意不去呀!”他脑袋一热,有些口不择言。

“好！这可是你自己说的!”米雪嚷嚷,“既然我们没办法沟通,不如一拍两散啦!”

他的火气被撩得一发不可收拾,叫道:“散就散！你别以为你有多了不起!”

吵完了才后悔不迭,这又何必呢？只不过是为了一场电影罢了,看电影无非是为了娱乐,那么认真干什么？结果还翻脸分手,值得吗？

只不过他也放不下那男人的自尊心,第二天怯怯地去了个电话,米雪一听是他的声音,二话不说,便把电话筒一摔,“怦”的一声把他的期望都摔碎了。虽然他还想着再拨过去,不过他又实在放不下这个面子,愣了半天,便恹恹地上床睡觉去了。

心情极为恶劣,他终于请了大假,飞到南洋去了。

而在南洋展开这一段罗曼史,并不在他的计划之内,只是一个不经意,便掉了下去。

美女柔情,即便是铁汉,也难过关,何况是艾力克怀着一颗破碎的心？

更何况那如画的热带风光,在在刺激了潜藏在他体内的情欲。阿米娜那成熟得好像要从树上掉下的果子一样的身材,令他怦然心动,再看看那娇美的面容,他在温柔乡中迷路了。

阿米娜娇喘着说:“你回香港,可不能把我给抛了,不然的话……”

不然的话怎么样？不知道。他也不想这样做。不过米雪却已经忘却那段不快,主动找上门来了,偏偏他对她又余情未了,很快又言归于好。

那晚他正与米雪在床上折腾，忽然间颈链便收紧，勒得他几乎断气，幸好在最后时刻把它扯断了。米雪惊问他："怎么啦！"他才想起这是阿米娜送他的定情礼物。

法师告诉他："这颈链落过降头，你一变心便杀无赦！"

石屋长发女

回到岛上，村民看见他，便纷纷挤眉弄眼地对他说："喂，金先生，好正喎！"

说着说着，一个个都伸起大拇指，伸到他鼻子底下，然后便爆发一阵阵粗犷放肆的笑声。

怎么啦这些"麻甩佬"？一见到我也不是问好，一个个竟好像吃了春药似的那么兴奋……

但他不能不理他们。

毕竟他只是个客。虽然他在这岛上拥有一间石屋，但他也只是周末才回到这里。

按村民们的说法，"金先生是都市人……"

当初也只是一个偶然，来这岛上游玩，人家问他："要不要买这房子？很便宜的……"

他起初也并不认真，只是随便走了进去，没想到进去就喜欢了。反正也不贵，从保值的角度来说也挺不错的，何况多个地方不会有坏处。

狡兔还有三窟呢！何况是人？

损友好像看穿了他的心思，说道："喂，金智才，你就好啦，可以金屋藏娇。"

他的心一抖，连忙分辩："可不要乱说啊！金屋藏娇？我想啊，可是有没有钱呀？你以为石屋也可以藏娇呀？就算可以，那也要钱大大的有！就凭我这个德性，又不是老板，只不过小小经纪，谈何容易！要是你女朋友多的话，不如弹一个过来啦！"

"厉害厉害，你不愧是个经纪，会说话。"损友说，"我是个粗人，不会说话，就当你说的是真话好了。"

这等秘密，岂能到处宣扬？万一传到黄脸婆耳中，定会一哭二闹三上吊，麻烦多多了。也不是怕她，不过后院起火，总是令人心烦。

当然在损友面前大讲风流史，也可以过过瘾。男人嘛，总是要“威”一下……。

不过，权衡利弊，还是要忍住不说。

但这些村民们，怎么个个的脸部表情都怪怪的？难道在那表情后头，有什么古怪？

想不透，只好嘻嘻哈哈胡说八道言不及义，心中却在警惕着千万不要走了风声。

他说：“今天大家的心情这么靓啊？”

村民们暧昧地笑道：“……我们今天是特地来接你的，真的，你家里很正！”

他在心中暗骂，闲得发慌呀你们这些乡下佬？有时间不如去睡午觉啦，巴巴地跑来接我的船，我金智才又不是你们的什么亲人，就算是亲人，又不是游埠回来，还需要接什么船？无聊！

但他只能满面堆笑：“有心！有心！”

村民们却不散去，簇拥着他往村里走去，一面吱吱喳喳地说：“……不是啦，金先生，你们家那位，真是好正，身材一流……”

他吓了一跳，莫非东窗事发？珍妮怎么那么不小心，已经吩咐她不要一个人来这岛上，就是不听！

村民们意犹未尽：“金先生，都市女人就是都市女人，不是我们乡下婆所能够比较的……”

他干脆停住脚步，问道：“怎么一回事？”

村民们又兴奋得七嘴八舌起来。

原来他们发现他家石屋里有个年轻女人。

“什么女人？”他心虚地问。

“嗨，一个长发的少女，每天脱光衣服，就在你家里走来走去。是不是城市女孩都这么豪放呀？”

他吃了一惊：珍妮是短发呀！而且她也不会那么癫，

大白天脱光衣服让这些乡下佬看，怎么可能！

他嘴上不说，径自回到那石屋去，背脊却阵阵发冷。村中一个老妇颤巍巍地来敲他的门，告诉他说："很多年以前，有一位长发少女在这里自杀，以后屋子就空置下来了……"

惹人起疑的声浪

已经是第三次上门了吧？虽然明知不会有什么结果，但职责所在，他还是要硬着头皮上去。

那些邻居报警，每次语气都十分急促惊慌："……不得了！你们再不派人来，打死人都有份！"

他也不是没有没好气地对那妇女说："一听到邻居打生打死，你们也可以第一时间去劝阻嘛！真的打起来的话，等到我们来，早就已经打死了！"

但妇人们却异口同声地说："阿 Sir，你说得倒轻巧！如果他肯打开门听劝告，我们何必报警？他就是不开门呀，我们怕闹出人命……"

"那个男人，到底是什么人？"他问道。

所有的人都摇头。

其中一个邻居说："他从来不跟人打招呼，好像很cool，有时在电梯碰到，也是看天望地就是装作不认识，久而久之，我们也只好不跟他打招呼了！"

"那女的呢？又怎么样？"

"女的倒和善，平时见到老笑嘻嘻的，很亲切。"那个邻居指手划脚，"只不过不大会说广东话，大概因为这样，来来回回也都是'早晨''唔该''食饭未呀？''拜拜'这几句，别的就没有了。"

"没有工作呀，这女的？"他又问。

"没有，好像没有。男的本来好像有，近些天好像不做了，要不就不会呆家里横行霸道，逼得我们报警了！"

他想了一想，也不得要领，只好转身再去按那户人家的门铃。那铃声悠长，好像在空荡荡地响着，却没人应门。侧耳倾听，里面似乎也没有什么动静，他的心里发毛了，连忙用手砰砰拍门，一面喝道："快开门！我是差人！再不开门，我要告你们阻差办公！”

木门“吱”的一声打开，透过铁闸，他看到男人一张苍白的脸，胡须似乎也没有刮。

“开门。”他沉声说了一句。

男人把他让进屋子里，淡淡地问道：“阿 Sir，不知道有什么事情要我们效劳？”

他一愣，只好用眼睛把这客厅上下打量了一番，一面说：“哦，有人投诉这屋子有人被殴打，所以我来查看一下。顺便提一提，打人是犯法的……”

男人突然笑了起来：“殴打？谁殴打谁呀？有人亲眼看见吗？叫他出来指证呀，阿 Sir！”

他再度语塞，是啊，目击证人呢？如今什么也没有，只有邻居听到类似女人被殴打的声音发了出来，就当成是证据了。其他呢？没有。

他不知道该怎么说，却听到那男人情意绵绵地说：“啊呀玉妹，你怎么不出声，倒是说话呀，你告诉这位阿 Sir，我有没有打你？”

他转头一看，这才发现那女的正慵懒地缩在沙发一角。一听那男人那么说，她“噌”地一下站了起来，满脸笑容地投到那男的怀里，作小鸟依人状，娇滴滴地答道：“那些人是痴的，你都不知道他有多么疼我，怎么会打我？简直是天方夜谭！我看他们九成是妒嫉我们这么恩爱，不怀好意去报警骚扰我们。”

他愈发糊涂了，但既然当事人都说“没事”，他也没有理由继续死缠烂打盘问下去。也许那些邻居是产生幻觉吧？不过，会不会集体产生幻觉呢？这学问太高深了，不想它了。反正没事就好，可以交差了。他板起脸孔，训了几句：“喏，就当你们没事，我不管了。不过你们可不要再搞得风风雨雨，我们也不是吃饱撑了没事干！”

说着便走了，那些邻居躲躲闪闪地扯着他问：“阿 Sir，可不要你一走，就搞成大事件呀，那男人那么狠……”

他一言不发扬长而去。第二天那邻居又来报警，语调惊慌：“不好了！那屋子大开，没有人，只有密布的蜘蛛网……”

控制灵魂的汤水

那个年轻的菲佣貌美如花，而且受过大学教育，谈吐斯文，伊玲庆幸找到这样一个人。

她说："……我找菲佣有如隔山买牛，好不好也只得凭自己的运气了。我们算是走运了……"

她老公艾文咧嘴笑了一笑，也不答话。

"怎么？这个杜丽莎不合你心意吗？"她追问。

"没什么所谓啦！"他淡淡地说："菲佣请来，无非是帮做家务，哪一个都差不多啦！"

"差不多？"她冷笑，"那你可真是少见多怪了！有的菲佣好离谱呀！你知道吗，十八楼的林太说呀，她家的菲佣看她的小女儿，才两岁，你知道怎样？等林太与她先生上班，那菲佣就坐在沙发上看报纸，吃零食，让 BB 满地乱爬，哭了，她就伸出脚来，让 BB 去吮她的脚趾头……"

艾文扫了她一眼，有些惊异："不会吧？这样的事情都做得出来，那还是人？"

"所以我说你少见多怪了。"那晚在床上情到浓时，伊玲紧紧地反抱住艾文，喘着气频频问他："……那个菲佣……靓不靓？……"

她只感到他突然一顿，蓦然便有如高峰中跌了下去似的，瘫倒在一旁。

但并没有片言只语，只是一阵急促的呼吸声。

她也不再追问下去。

那个周末，夫妇两人去澳门度假，行前告诉杜丽莎："我们明天晚上才回来，你好好看家。"

杜丽莎满面笑容，连连说道："你们放心去好了，玩得痛快一些，赚多一点钱，这里有我看着，保证没有问题。"

伊玲便跟艾文高高兴兴地走了。她说："有个好菲佣，真的没有后顾之忧。”

艾文只是冷冷地应了一句:“看一下怎样的环境再说,但愿你说的没错。”

在澳门有如重度蜜月,再加上赌场得意,手风很顺,赚了好几千块钱,等于免费旅游还有钱剩,两夫妻动身回香港。从码头搭的士回美孚新村的路上,艾文说:“如果次次这么好玩,我们以后一个月去一次也不错。”

“我早就跟你说了,你又不听!”伊玲哼道,“反正有杜丽莎看门,怕什么?”

“不过我总有个什么不好的感觉。”艾文说,“昨晚我睡得不好,老是心慌意乱,好像有什么事发生一样。”

“什么事情?不会跟杜丽莎有关吧?”

艾文迟疑了一下,才说:“就是跟她有关,在我的梦中她不是靓女,而是青面獠牙的妖女……”

“好心你啦!”她笑道,“男人大丈夫,这么没胆!谁都会做梦的啦,又不见人人害怕?何况人家都说了,梦与现实往往都是相反的……”

“可是我的梦是反反覆覆的,一闭上眼就是那个场面,一次比一次强烈,好像是个预兆。”他揉了揉眉心。

“我看你是上火了,回去叫杜丽莎煲凉茶给你喝啦!”她说。

第二天,楼下的管理员告诉她:“林太,这两天你们家菲佣啊,带了一群男男女女,到你家去开派对吧,蓬蓬蓬的,还跳舞呢,人家都来投诉了……”

有这样的事情?晚上她问艾文:“原来这个菲佣这样可恶,我们该怎么对付她?”

不料艾文只是懒洋洋地说:“算了吧,就算是开了派对,也没什么大不了,由得她吧!”

她气上心来:“哦,照你的逻辑,以后她带什么男人上我们家开房,也算了咼?”

艾文不说话。她恨恨地睡下,心想,这衰佬怎么这么快就改变态度?莫非魂也给这骚货勾去了?心烦意乱忽然想喝汤,她起身去厨房,揭开煲盖,大吃一惊:鸡汤上漂着女人的卫生巾。

原来,这是一种邪术:喝过的人,会听卫生巾主人的话。她骇然想到,艾文那晚喝的凉茶……她蹲在厨房大吐特吐起来。

今生追讨前世债

他跑到湾仔鹅颈桥底下，请阿婆替他打小人。

昏暗中，烛光闪烁。阿婆口中念念有词，拿起布鞋用力抽打。

他西装革履，弯腰看着。来往的行人似乎都扭过头来望望他，他也不理会。

他知道这情景十分怪异，一个穿得这么现代化的男人，竟然和一堆阿婶站在这里打小人，实在有些滑稽，至少也不大谐调。

但也已经别无选择。

流言满天飞，他甚至接到对他人身攻击的匿名信，甚至连老板也不放过他。看那架势，是非把他搞到身败名裂决不罢休的了。

到底是谁对我有这么刻骨的仇恨？

晚上睡不着觉，他在床上翻来覆去，一一搜索目标，但似乎也没有一个人可以成为嫌疑犯。

他似乎以为自己成了唐·吉诃德，只能找风车去搏斗了！甚至连风车也找不到，香港只有电车。

一点蛛丝马迹也没有，又没有钱聘请私家侦探去查个水落石出，他唯一的办法，只有请阿婆打小人。

只要把那暗藏的小人打个鼻青脸肿，也不必打死他，那就可以了。

看他以后还敢不敢血口喷人！

也就凭着这个强烈的心愿，他支持着自己站在这鹅颈桥下，看阿婆施展神威。

如琴笑话他："你呀！也真是的。说你要多新潮有多新潮，怎么这一下就找阿婆了？阿婆打小人，只不过是在心理上安慰你罢了，难道你能证实她真的打着了吗？恐怕那小人就躲在一边看着你笑哩!"

"你也不在精神上支持我……"他嘟囔着说。

只好自己一个人悄悄来了,不然的话,如琴也许会笑他笑到面黄。

阿婆越打越大力,啪啪作响。

他突然闻到那股油灯味,钻进他的鼻孔钻进他的喉咙钻进他的心肺,滴溜溜地乱转;他一阵迷糊。

双眼发涩,酸得不行。颓然站在那里,他的灵魂悠悠地出窍,飘呀飘的,上不着天下不着地。

是有那么几声被痛打的惨叫声吧,在不安宁地求饶,他也听不大清晰,似乎只是含含糊糊地哀号:"我不敢了!我不敢了!"

那嗓音怎地如此耳熟?他再努力一思索,似乎快要找到线索了,蓦然便感到头痛欲裂。他顿时醒了过来,原来灵魂又悄然回来了。

他定了定神,却无论如何也抓不住那个小人的模样;而耳畔,阿婆打小人的节奏渐渐放缓,终于长长地舒了一口气:"小人多行不义,我替你收拾了!你以后定有好日子过,放心好了……"

大概也是精神上得到了安慰,他感到轻松得多了。只要没有这个穷凶极恶的小人,日子就单纯得多了。

但是,在安静了一个月之后,那小人又重出江湖,而且更加疯狂更加残酷地追击他,把造遥污蔑的文字使用到极限,迈着痉挛的脚步啸啸驴鸣,不知自身的脸上滴着发臭的污血。在梦中,那个他追踪过的声音发出怪笑声:"我算是跟你缠上了!我有的是时间,我就跟你玩,玩残你!"

那声音几乎就伸手可及了,但还是在瞬间逃脱了,尽管他想再把它抓回来,它却一闪即逝,也没留下任何线索。

只好去请教灵媒,阴森森的房间里,灵媒作法之后,叹道:"你请阿婆打他,他受了伤,便更加变态,他现在怀着百倍的疯狂，即使与你同归于尽也在所不惜，小心小心！”

他打听他究竟得罪了什么人，灵媒沉默了半晌，才说：“是你那女朋友如琴。她自己可能不知道，但她的灵魂作怪。前世你负了她，她注定今生要折磨你……”

招魂夜

连续一个星期的大殓仪式，结束于这个晚上。

夜深人静，宾客已经散尽，只剩一群斋姐①，钹声鼓声齐鸣，口中拉长音调，不知道喃喃地唱着什么。

灵堂外，微雨飘洒，沙沙沙的，有一阵没一阵，闪闪烁烁地把那昏黄的灯光衬得惨白。忽然，"呼"的一声，冷风穿堂而入，灵位前的烛光忽啦啦地急闪起来，几乎就灭了，斋姐的唱经声唱得越快，那钹声鼓声敲得更急，一声声敲在他心盘上，连魂魄也似乎晃晃悠悠地飘出体外，冷汗渗出额头，一滴滴掉了下来。

斋姐的调子终于缓和下来，钹声鼓声也渐渐恢复正常，他睁开眼睛，烛光又亮亮地燃烧在那里，原来那股冷风已经退却。

本来夜风无影，但他却疑心看到那风像一团乌云似的，翻卷着滚滚而去了。

"击退了！"那依三角形坐下的斋姐们，齐声道，然后慢慢坐了起来。

他看到她们的额头上都有晶莹的汗光，看上去好像随时都会虚脱一样。刚才是灵界的一场搏斗吧？但他不能开口问她们。今晚他是孝子，而且是长子。老父已去，大大小小的事情也要他拿主意了。何况，他这时心魂俱裂，欲哭泪却已经流干了。

大斋姐不知什么时候已经款款地站在他面前，清清脆脆地问道："你们商量看看，到底要不要进行那最后的一项

---

① 斋姐：在庵堂带发吃素的尼姑。人家办丧事时，会应聘去灵堂为逝者打斋念经。

仪式?”

他用眼睛询问她。

原来是要招魂。

“但要等到下半夜三点才可以开始。”她说,必须付出极大的体力,因为刚才有来历不明的物体进犯,她们抗击时已付出真气,招魂能否成功,她也不能说准。

他问:“一般成功率,怎样?”

“一半一半啦!”斋姐说。

她说,令尊也要摆脱一切羁绊,才能飘过来,“但问题是不知道他有没有这个力量?”

他征询他的弟弟妹妹的意见,他们也都低垂着头,不表示什么意见。

斋姐说:“召令尊的魂魄来,可以追问他有什么未了的心事。但是,也不是哪一个子女都可以,只有他生前最疼的那一个,才灵。”

他想,父亲生前最疼的,公认就是我福生了,难怪弟弟妹妹沉默是金了。

“做吧?”他沉沉地问了一句,“也许爸爸还有什么嘱咐,听了也就安心了……”

斋姐说:“那好,你们歇一会吧,还有几个钟头。我们也去准备一下。”

那些繁琐的仪式,跪跪拜拜,腰酸背疼,连膝盖都肿得不行。又累又困,他随地一倒,便睡了过去。迷迷糊糊中钹声鼓声又再次凄凄凉凉地响起,他爸爸临终前圆睁着双眼似还有什么没有说完的话,他大喊一声:“爸爸你要说什么?”但阴风刮起乌天黑地,他哪里追得上他爸爸像流星消逝的速度?

梦乍醒,灵堂里灯光突然熄灭了,只有三枝腊烛的烛光在瑟瑟地抖动。又是钹声。又是锣声。又是念经声。一时急促,一时缓慢。他好像听见风声雨声雷声隐隐滚动在遥远的地方，而且慢慢移来。斋姐给他们几个各发了一个瓷碗，说：“你们都按住。来到谁那边，碗自然会动。谁的碗动了，谁就可以与你们的父亲对话。”

他益发心跳得厉害，不知道父亲将会说什么？不由自主地，他按住瓷碗的手颤抖了。

一阵狂风吹过，烛光灭了，灵堂一片漆黑，钹声鼓声更响，念经声更急，蓦然便鸦雀无声，他父亲的声音凉凉地响起，但他的瓷碗毫无动静，他惊恐地想着：动的到底是谁的瓷碗呢？

祸福一线间

他一向以来特别憎恨警察，就好像天生有仇似的。每次见到警察走过，他便会很不屑地想着，哼！你只不过有警枪而已，不然的话……

不然的话怎么样？他也不知道，只不过心中有一股想要发泄之情。假如有机会，最好就是踢上一脚。想起警察跌得个狗吃屎的模样，他便特别开心。

在通宵便利店吃了一块三文治，又喝了一罐啤酒，便走了出来，黑夜中，天又飘起细雨，他骂了声："妈的！"一头竟撞到一个人的身上，那人喝道："干什么你！"

他吓了一跳，定睛一看，原来是两个警察。

另一个警察很凶恶地逼上一步，叫道："喂！靓仔！拿出身份证来！"

他一面掏出身份证，一面回敬："差人？差人大晒①呀？"

那警察说："不是大晒，但就是要管像你这样的无赖。"

他的一口气直往脑门冲，那警察刚把手搭在他的肩膀上，他便抓住一扳一送，那警察顿时滑倒。另一个警察大喝："你袭警！"他这才清醒过来，知道惹下大祸，连忙转身就逃。

那两个警察哪里肯放过他？早就紧紧地尾随着追来，一面大喝："停下！要不……"

是一场雨夜里的追逐，他突然觉得电闪雷鸣，好像天上有什么妖魔鬼怪在为他呐喊助威似的，令他的午夜狂奔更加狂野。

---

① 大晒：粤语，最大。

他以为他定可摆脱追捕，虽然那两个警察一直厉声喝叫："站住！再不站住，开枪了！"但他并不相信，就算是没有什么目击者吧，他们也不至于真的会开枪。

一走神，他竟跑入一条死胡同，等到警觉想要回身，那两个警察却已经阴冷地笑着，一步一步地逼了上来。

他不顾一切地冲了过去，却被一把扭住。他也弄不清楚他是怎样被摔倒在那湿漉漉的地面上，接着拳脚便好像雨点似地落在他身上，他凄厉地呼叫，但没人来拯救他。在这个雨夜的世界里，好像只有他们三个人，在热烈地演出一场闹剧。

当他醒了过来，只觉得浑身疼痛。他隐约记得，在快要失去知觉的刹那，那警察臭骂道："……死臭飞！差人你都敢打？这次让你尝一尝滋味……"

真他妈往死里打呀，这两个人渣！

可是有什么办法？打也给人打了，告他们？无凭无据，怎么告？算了吧，就当是被鬼打了，算我倒大霉。

他躺在床上辗转反侧，恶梦连连，直喊："我以后不敢了！你们放过我吧！"

一身的冷汗，接着又迷迷糊糊睡去。

睡梦中灵光一闪，好像有什么隐隐约约的影子一飘，一道声音缥缥缈缈而来："蛇仔明，你因祸得福……"

什么因祸得福！我他妈有什么福？不要再惹祸就谢天谢地了！

可是第二天傍晚，便有许多不认识的人潮水一般涌来，有记者，有律师，有社工，有……

好像一夜之间他便成为了名人。

原来那天晚上他被殴打的经过，被人用连环镜头拍下，而且图文并茂地被报道出来，群情汹涌。那两个警察成了被告，为他义务起诉的律师说："……他是一个守法的市民，却无辜在肉体和精神上受到极大折磨，失去了工作能力,这是一宗很残忍的案例……”神经科医生证明他晚上睡觉做恶梦,经常感到疲劳与沮丧;口腔科医生则说,他的颚骨被打到脱位,嚼东西时常咬到面颊。

结果,控方律师要求警方赔偿他巨额金钱。

他拿到了一百万的赔偿之后,仍不放手,又委托律师向那两名警察索取惩罚性赔偿,他明知从他们身上也榨不出什么钱,但他不想放弃报复的机会。

“一定要搞到他们每天洗差馆①的厕所啦!”梦中的声音这样缥缥缈缈地给他出主意。

① 差馆:粤语,警察署。

二 梦幻世界

冤魂梦中游

她近来老是睡到半夜便惊叫一声,"咚"的一声便在床上坐了起来,两眼发直,许久都没有知觉,好像被人点了穴道一样;过了一会才知道原来自己在发梦。

也不止是发梦而已,简直就在梦游。

在床上坐起,慢慢下床,然后开了睡房的门走到厨房去,默默站了一会,又回转身,慢慢走到客厅,在沙发上呆坐几分钟,才又慢慢走回睡房,然后往床上一躺,好像累极了似的,立刻又呼呼睡了回去。

她自己并不知道,是她那十八岁的女儿安妮事后告诉她,才知道这细节。

"你为什么不叫醒我?"她犹有余悸。

"叫你?别搞。"安妮双手乱摇,"我听人说过,梦游的人,可不能去惊动,因为一受吓,灵魂出窍,就再也回不到体内了,那不是大事件?"

"你是说,魂飞魄散?"

安妮点头如捣蒜,却不再说话。

为什么那神情似乎有些异样?但她却不敢这么说出来,虽然是女儿,但近来她却总感到有些什么心理阻隔。

特别是她追问她爸爸时的神态,在她看来,总是有些怪怪的,好像在审问似的。

"你老豆?还不是行船去了?"她说。

安妮嘟嘟囔囔:"我特地从加拿大赶回来度假,爹哋怎么一声不吭就走了,也不等等我?"

"等你?他不必赚钱养家呀?"她哼了一声。

"要去多久?他这一趟……"

"他要走得很远,恐怕你是等不到他的了。"她叹了一口气。

安妮呆呆地望着她,也就沉默了。

她也沉默了,不管怎么回想,她都可以肯定自己从来也没有过梦游症。如今怎么会无端起这样的怪病,而且发病的次数频密起来?

梦游的时候,脑子里一片空白,只是好像有一种什么神秘的电波,引起她脑细胞的共鸣,引领着她就沿着那既定的路线走,而且次次都不改变。

她还好像闻到一股异味,就在那深夜的厨房里的某个角落隐隐传出。

安妮在回加拿大的前夕,皱着眉说:"妈咪,我看你的脸色越来越差,好像有点发青。可能和梦游有关,你该早点去看看医生,老梦游下去,我又不在,你一个人,爹哋又还没有回来,我不放心。"

"傻女,你放心啦?回去好好读书吧,我没事。不过我答应你,好好去看医生。我还要去加拿大探你呢!"她勉力笑道,装成一副轻松的模样。

其实她早就私自去看医生,医生查了半天,也只是说:"没什么问题呀,一切都正常。我看,你可能是神经衰弱,是不是精神压力过重呀?"

她笑,"如果这样的话,我要找的,恐怕是专科心理医生而不是你这个全科医生了……"

但她并没有去找心理医生,却去找法师。那白发白眉白胡须的法师端详了半天,才问了一声:"太太,你印堂发黑,目露凶光,恐怕不会有好事……"

回来便神情恍惚,安妮却以为她是睡眠不足所致。

等到安妮离开了,她独自睡觉,连灯都不敢熄掉,总是觉得有什么奇怪的声音在沙沙响动。而梦游则更厉害了,而且还看到那恐怖的情景,似曾相识。

她一天一天地瘦了下去,终于支持不住,迷迷糊糊便到差馆去自首:"阿 Sir,我来报案,我杀死我老公,因为他在外头领养了一头狐狸精，还要把我休掉……”

探员蜂拥来到她家搜集证物，她闻到厨房里的那股异味，一看，灶头还有血水渗出，她惊叫一声：“他……鬼！救命！他来抓我了！”

几个探员面面相觑，嘟囔道：“什么也没有呀！”

探长吐了一句：“是不是又是一宗灶头藏尸案呀？”

五十岁后的梦境

一过五十岁生日，明辉晚上睡觉，便老是做奇奇怪怪的梦。

他老梦见自己给许许多多的数目字追打，不论他上天入地地躲藏，那些数目字总有办法把他查出来，然后一个个排着队，轮流来冲撞，把健壮如牛的他，撞得人仰马翻，只有嗷嗷乱叫的份儿。

那梦中的惨叫声惊动了老妻，一把将他推醒，道："你发神经呀你？半夜三更的乱叫什么？一定是……"

她说什么？听不分明了。无非是指他胡思乱想以为美女投怀送抱之类。真困，翻个身他又朦胧睡去。那些数目字又吱吱喳喳重新集结而来，一个个挂着莫测高深的笑容，向他逼近。他"哗"的一声猛坐起，老妻在黑暗中拧开床头灯，怨气冲天，"你是不是有问题呀？有问题趁早说，免得老娘受祸害！"

只好将梦境和盘托出，她想都不想，便嗤之以鼻："我看你当会计当晕了！"

听着她的鼾声微起，他呆了半晌，才又重新睡去。那些数目字又再现身，不过不再进袭他，好像有个声音响起："……喂，你留意我们的排列……"

他定睛一看，是六个数目字。那意味着什么？想也想不透。次日下班路过马会投注站，灵机一动，就用那六个号码买了六合彩。本来只是偷赖的办法，不料竟中了头奖！第二回如法炮制，也是照中不误，转眼间成了千万富翁，他抑制不住兴奋，在枕边把秘密告知老妻，老妻捧着他的脸亲了又亲，放软声调说："……你不要只顾你一个人发达，也要照顾一下你岳父岳母呀……"

实在拗不过她，他只好将梦境中的号码预报给她父母。

可是，这回开彩，竟落空了。

当晚，那些数目字个个沉着脸，对他说："你太贪心，你泄漏了天机，不跟你玩了！"说罢，便集体消隐。而且以后再也不入他的梦中。而他赢来的钱，也为各种各样意外的巨额支出，迅速地流走。

风水保卫战

“我们是高尚人家，不论做什么事情，也都要做得漂亮，笨拙的手法，我是不取的。”戴老板嘿嘿笑道，“你们给我想一条绝世好主意来，谁想到，我重重有赏！你们分头去想吧！”

那些手下领命而去。

戴老板开始盘算了：假如这一宗交易搞得干手净脚，以后就不用再操心了……

也是灵机一动而已。

他根本就不缺钱，生意多做一件少做一件，于他根本没有什么区别。但是赚钱对他来说，已经不是为了经济利益，而是为了兴趣。

“你不知道，每当做成一宗生意，那种过瘾法，简直就是难以形容！”他对那些手下说。

那些手下个个恭维着：

“那是那是，那是至高境界！”

“对呀对呀，无敌最寂寞，老板好歹有些对手，虽然不济，也可以陪着玩玩，解解闷！”

“猫捉老鼠一样，只可笑他们不自量力，不知道自己是什么料……”

“别说这些废话了！”戴老板虽然听得高兴，却也觉得有些肉麻，“我是个生意人，当然要赚钱。不过赚钱不是唯一目的，到了我现在这个程度，最要紧的是好玩！”

这个半山的高尚住宅楼宇，背山面海，十个风水先生十个都说：“好风水！”

那理由是，那海水汹涌而来，象征着金钱滚滚而来；而那背后的山势呈半圆形，就好像把底兜住一样。风水先生说：“……钱财不断涌来，又被兜住了。那就是说，有大钱赚,但却不会流失。”

也因为这样的好风水,引人纷至沓来。

好在他一早就决定这座三层楼宇只租不卖,这也并不是他有远见,只是因为他不缺钱用。

那些租客,大都是打工皇帝,十几万的月租,他们也不在乎,反正他们的雇主自会支付。由于单位少,不免供不应求,这令戴老板十分开心,不是为了钱,而是为了成功感。

他实在太忙了,那么多的生意,他哪能一一顾得那么周全?在他的王国里,这幢楼宇的租金,加起来也只不过是很小的数目罢了。

如果不是偶然再碰到那位风水先生的话,他可能真的永远忽略下去。

那位风水先生一见到他,便说:“啊呀戴老板,你在半山的那幢楼宇,实在太浪费了!风水那么好,而且看那形势是越来越好,好像是个聚宝盆一样,戴老板你应该将它拆建,重新起个二十层的风水大厦。二十层!你想想看,比起现在……”

“算了算了,我又不在乎那点钱!”他大笑,“我最不愿意去折腾了!保持现状吧。”

风水先生双手乱摇,“可不敢这么说呀戴老板,赚钱事小,坏了风水可是事大了!”

那意思是说,假如不把这楼宇改建,就连原来的好风水也会失去,甚至连累到他的其他生意……

这还了得!不然的话他也不会这般紧急行动。

他想着,哪一个手下可以出个最好点子?而这一个手下一定是最卑鄙的小人了!

那些手下纷纷来献计了:恐吓、威胁、喷油漆、搞破坏,总之,让那些租客受不了,自动迁出。

“那我不成下三滥了?”戴老板不屑地说。

都是些饭桶，出的都是一些“屎桥”①！

他闷闷不乐地挥了挥手，把这些人都打发了，自己斜倚在老板椅上苦思默想。很疲倦，他闭目假寐。

不知不觉便做了个白日梦，灵光一闪，叫属下的管理公司加管理费，加到一万、两万、三万，但服务质素则要下降，越来越差，叫这些打工皇帝受不了！

他得意地笑醒，突然省起，这个好主意是自己想出来的，我岂不是就是最卑鄙的小人？

---

① 屎桥：粤语，臭点子。

年关

彩凤哭得声嘶力竭，迷迷糊糊便昏睡了过去。

朦朦胧胧中，好像有一股冷风拂来，她打了个寒噤。想睁开眼睛，眼皮却沉重如千斤铁，挣扎中似乎有隐约的人声，黑暗里却看不清真面目，但凭着一种直觉，她断定必是克良无疑。热恋五年，眼看就要结婚了，闭眼她也可以摸得出他身上的每一个特征！

她在悲切中又有一些颤栗："你……回来了？"

"我只是回来看你一眼，马上就要走了。"克良的声音好像从远处飘来，平板得没有声调的起伏。

她一惊，嚷道："你别走！"

"我身不由己啊！"依然是那音调。

"你为什么那么傻，只不过是五万块钱，你值得为它卖命？"彩凤回过气来，嚎啕了一声，立刻又有上气不接下气的压迫感。

"唉……"

她听得心里有些发怵，不禁绝望地叫道："你倒是说话呀！求求你……"

"唉……"克良再次长叹，那道声音袅袅消散在长夜里。

相对默然。

她犹豫着要不要抽身而去，忽然之间风沙大作，她只觉自己飘啊飘的，晕过去醒来也不知身在何方。她费力地睁大眼睛，瞥见一个壮实汉子抢去克良手上的公事包，飞奔逃窜。她刚想喊，克良却已追了过去，一面大叫："抢钱呀！"马宝道上的小贩推着手推车鸡飞狗走，密集的行人高声尖叫争相躲避，她见到克良给打横撞了几次，横眉怒目呲牙咧嘴粗话接连喷出，她知道他动了真气，想要劝阻他，但一张口话却给冻结在口腔里,发不出任何声响;她万般无奈,眼睁睁看着克良左穿右插,终于一个飞身抓住那汉子的衣领。啊呀!她嘴巴大张,却依然无声,眼珠都快凸了出来:她骇然见到那汉子亮出一枝手枪,在克良的面前一晃,克良立刻缩手。那壮汉拔步要逃,克良竟又伸脚一绊,那壮汉当场跌了下去,打了个滚,手一扬,她听到"呯"的一声响,克良仰天倒下,红色的血从他的胸口涌了出来……

鲜血凝固又成了暗夜中隐约的人影,面目不清,但那模糊的身影和站立的姿势,彩凤却一眼就看出那是克良。

"他们说,你要钱不要命……"

她听见他惨笑一声:"他们?我都已经死了,他们何必还要说长道短?"

那声音越来越弱,终于与那影子一起消逝无踪。

彩凤怔忡了半天,恍惚忆起日间她赶到出事地点时,那些街边的店铺,全都扯起红底黑字的横幅,上面狂写"岁晚大减价"。

穷鬼大战厉鬼

连他自己也不大相信自己的眼睛：不用一百万，便可以买进这七百多呎的入伙不足五年的房子！

他对阿莲说："真是上天助我们，要不是有这么便宜的房子，我们都不知道怎么结婚！"

阿莲犹犹豫豫地看着贴着的价钱，"哪有那么便宜的事情？便宜莫贪，我看这房子有问题。你想想啦，这样的房子，市价恐怕在二百五十万以上，有什么理由便宜到这个程度？"

他不以为然，"管它呢！反正买到手再说。不然的话，我们这一辈子，怕都做不成业主了！"

"什么道理呢？"她自言自语。

"唉！就你想得这么多！"他笑，"其实并不复杂，主人家移民，急于套现。就这么简单。"

"是你想出来的，还是有根据？"

"当然有根据啦！"他理直气壮，"我早打听好了，经纪告诉我，还会有错？"

"经纪？"她哼了一声，"经纪的话，你能信多少？他们只要能把房子推出去，把佣金赚到，就是唯一的目的，怎么会跟你实话实说？"

"唉，你这是女性的多疑。也不是所有的经纪都那样黑心吧？"

"不管你怎么说，我总是觉得不妥。"她叹了一口气。

但是到底也还是买下来了。

她甚至像做驼鸟似的，不愿去打听这屋子的来历。她想，住了也就住了，但如果获知原来有什么问题，那种心理负担和无形的阴影，就不是她所能够支持得了的。既然非住不可，那最好就是什么也不知道。无知最快乐，她这时最相信的便是这句话了。

但搬了进去，便立刻要面对现实。

怎么个个邻居见到他们都避开如避瘟疫，远远的用一种奇怪而带着敌意的眼光，扫射而来？

她发现他们陷入一片冷漠的包围之中，没有一个邻人愿意与他们打招呼。

再仔细看看邻屋，大门也都贴上了有如蝌蚪扭曲身子的经文，怎么看也看不懂。

正自纳闷，忽地便看到写着“杀”和“圣母坐镇”等字眼的黄符，以她有限的有关知识，也都可以隐约猜测到，这些灵符也都冲着自家屋子而来。

她悄声问阿群：“看来这屋子有问题，不然的话他们也不至于这样对待我们。”

但他却耸了耸肩膀，笑道：“有什么问题？我们住进来都一个月了，什么事也没有发生过。要是真有问题，我们恐怕早都遇到不可思议的事情。”

她看着他一副胸有成竹的样子，也不得不相信他的话是正确的了。

但在她的内心里，却仍有挥之不去的阴影。而且有种令她心惊肉跳的感觉，那种慌恐，伴随着心怦怦怦地乱跳，愈发使她不能安睡。

而且那频率越来越快。

直到那一晚，她梦见一个断手断脚的女人，血流满面，以凄厉的声调哭诉：“我好惨呀！我被斩成几块，死得好惨呀……”

她大叫一声，身子却钉在那里，不能动弹。她用力挣扎，那血人却越逼越近，咬牙切齿好像就要一口把她吃了一样。她的心差一点都要蹦出来了，突然间便被推醒了，阿群开了灯，惊问：“怎么啦，你满脸都是虚汗！”

她呆了半晌，才结结巴巴地告诉他：“我做了个噩梦。”

他的眼睛闪过一丝恐怖的光，终于说：“这房子……发生过碎尸案……是一间……凶屋！”

她顿时昏了过去。半个小时后幽幽醒来，她又哭又闹：“都是你！你以为厉鬼不如穷鬼恶，我看这回我们是给厉鬼缠上了！”

吝啬鬼附体

自从丈夫突然失踪之后，她一直把自己关在那半山区古堡式的花园洋房里，深居简出。

尽管那些记者千方百计地想要采访她，她都不为所动。那些记者缠得紧了，她便派人扬言："不要再来了，不然的话，分分钟会报警，告你们搔扰！"

但她自己仍旧不露面。

慢慢的，人们都忘记了她，似乎这个世界上已经没有黄夫人这个人存在的了。

只有她自己仍然记得自己。

那黄家家族生意，这几年来也一直不断运转，至今没有停止过分秒，只不过她一直没有公开出面而已。

她只是躲在幕后操纵一切。

那些老臣子也不是没劝说过她："黄太，现代社会，最注重的是宣传与公关，看来，你应该多多曝光才是。这样做可以促进生意的发展……"

但她一味摇头拒绝，也不说什么理由，只说："我不懂应酬……"

在她内心里，依然担心那些记者的追问。

虽然几年过去了，她还是害怕面对那个问题。

黄富财到底下落如何？她也不清楚。甚至连他是死是活，她也不知道。

那一次，有人来勒索，声言假如不给一千万元的话，那末，黄富财随时都会横尸街头。她知道之后惊恐万分，反正一千万对于他们家族来说也算不上怎么一回事，她便作主给了，也不报警。

不料，黄富财知道了，竟然大发脾气，"你都发神经！一千万！你以为一千万那么容易赚呀？"

"但一千万比起你的安全来，只是一个微不足道的小数目呀！"她申辩。

"总之，以后发生这样的事情，不准拿钱去赎！"他叫道，"这是我的命令。谁拿出钱谁赔！"

没有人敢违背他的命令，这个王国是他建立起来的，他便是这王国里的国王。

果然又给绑架了，她终于也不敢再擅自作主，拿钱去救他性命。他都说了："要我的命容易，要我的钱？没那么容易！谁都知道我黄富财的作风，要是谁打主意打到我头上，除了要我的命，别的没什么好处。而且他们还要面对犯罪后的法律制裁！"

看来，为了金钱，他是不惜以生命作赌注了。而她在拒绝付赎金的时候，心底也不无一种给他小小惩罚的意愿。跟着这个孤寒财主十几年，她不曾好好享受过生活，她也问过他："喂，那么多钱，就算我们大吃大喝胡乱挥霍，光吃不做，至少也可以维持三辈子，何必那么紧张？"但他却大不以为然："你这就是妇人之见了，告诉你吧，储钱是一种乐趣，不是钱够不够用的问题，而是手中的钱越来越多，那才越过瘾！"好啦，现在就让他吃点苦头。

没有想到这么拖得一拖，等到她认为吓够了他，可以与那伙绑匪联络时，不论如何设法，都已经找不到他们的去向了。

只好报警，但警方也束手无策。

几年过去了，她估计凶多吉少。她也万念俱灰，不想再抛头露面。当她的手下以及传媒都习惯了她的处世方式之后，在一次慈善晚会上，她突如其来地出现，而且当场损赠了八千万元，轰动全场。

从此之后，她到处活动，曝光率越来越高。只是她行事似乎有些乖张，有人夸她率直，也有人认为她不大正常，"是不是受了过度刺激呀？"

她听了也都嘻嘻一笑。那晚，在梦中，他对她说：“我是吝啬鬼转世，你要拯救我，就替我做点善事，一场夫妻……”

她早已身不由己。

魂兮归来

伊莲半夜醒来，仍心有余悸。

这些天来，总是为同一个梦所惊醒，她只觉得那梦境有些恐怖，但无论她怎么极力回想，也无法记起那是怎样的一个梦。

只有那沉重压抑的感觉依然。

黑暗中望着那床边梳妆台椭圆的镜子，她有些朦朦胧胧，眼皮如受催眠般沉重。

再睡吧……

但却睡不成，蓦地那镜子里便七彩缤纷地爆出火花，然后一切归于平静。一张年轻的脸浮现出来，咦，那不正是伊莲她自己吗？

她才想起这是在照镜子。

她勉力对着镜子一笑，但反射到她的眼帘的，却并不是可掬的笑容，而是一副威严的严峻的面孔。

人人都说我伊莲是个女强人，年轻的女强人。当然女强人就要与众不同了，怎能和以前一样，跟那些同事嘻嘻哈哈你讲我笑大家一起臭骂老太婆？

此一时彼一时，不可同日而语。

咦，只是那镜中的动作，怎么会这般张牙舞爪？

我伊莲是淑女，不该也不会这样没有风度，但是眼前却十足是“八婆”的嘴脸……

她悚然一惊。再看真切一点。

镜中人在厉声骂着：“……你们呀，一个个都没鬼用！公司开支这么大，你们身为高层，应该为公司考虑怎么赚钱！公司养你们，希望你们回报，不是袖手旁观……”

众人都低垂着头，没有一个人吭声。

“我问你们呀！”镜中人喝了一声，顺手将手中的一把剪刀往桌上一抛，“哐”的一声，震天动地地爆炸在会议室中，人人目瞪口呆。她注视一下各人，又叫道："哑了呀你们？就没一个人说话？是不是要我一个个点名，你们才会出声？平时你们不是个个都能说会道吗？"

仍是一片鸦雀无声，好像在坟场般肃静。

"算了！你们都成了哑巴，这个会，开下去也没什么意思，散会算了！"手一拍，她率先就走。

高跟鞋咯咯地响，很快就远去了。

那面镜子也立刻朦胧起来，画面也消失了。

卧室内漆黑一片，哪里还有什么女强人？只有一个失眠的她，惶惑在这片刻的魔幻当中。

她想来想去也想不明白，难道今时今日的自己，真的变成这么"乞人憎"①么？而那镜子像魔术一般地变幻，是不是在冥冥中预示了什么？

她想起了老太婆。

那个时候，老太婆是老板，而且似乎有些变态，动不动就咆哮："上班时间，你们的电话怎么那么多？告诉你们，私人电话，回家打去！"

那时她也忍不住了，当众顶了老太婆一句："话可不能那么说，我们的电话，并不是私人电话，全是与公司业务有关。按照你的说法，那我们只好挂断电话，不再与外面联络了！要这样也容易，不打电话，不听电话啦！"

老太婆一愣，只好顾左右而言它了。

散会后人人都夸她："伊莲，还是你行！三言两语，就把那个老怪物给打发了！"

她笑："对于这种人，完全不用客气……"

但是如今自己怎么变成镜中那可恶的小怪物？老太婆早就他妈退休了，我一个觔斗便成了她的媳妇，不知道

---

① 乞人憎：粤语，让人憎恨。

怎样的阴差阳错，就成了新老板，莫非同是老板，便定会有那种说不清楚的情意结？但是为什么自己的一言一行，都像当年她所憎厌的那一套？

她忽地一惊，莫非老太婆借她来重现昔日威风？

正在呆想着，电话惊天动地响来，告诉她说，老太婆刚在温哥华去世。一对那时间，她骇然发现，那正是她看到镜中人之时。

医生死在绮梦中

在医院里看尽了生老病死，他对他的职业也渐渐感到有些无奈。

医生？医生只能医那些可以医的病，而许多病魔，并不是医生所可以对付得了的。

医生也常常有束手无策的时候，看着一个个蓬勃的生命被无形的魔爪攫去，惟有徒呼奈何。他特别记得头一个在他手中无法救活的病人临死前痛苦的那张脸，可是慢慢见得多了，他也麻木了。

再也不会恐惧，只是感到无奈。他知道也阻止不了自己走向死亡。

只有彩娟那俏生生的模样，令他不能自已。

只可惜彩娟另有所属，她有个高大英俊的男朋友，而且是富家公子。

彩娟笑着回答他："可惜你来迟了，不然的话，你也是一个极好的理想对象。但现在没办法了，我又不能劈成两半。来世吧！来世我再嫁你，好不好？"

温言细语，使他的心为之一荡。但是他知道那只是安慰他罢了。即使话说得温柔万状，他却明白那被拒绝的事实已经铁一般不可改变。

到了这个地步，不论高歌还是狂哭，也不能改变那活生生的命运，他痛苦地辗转反侧，最后的结论，也只有一种：远离她！

远离她并不是由于绝情，而是因为他明知自己抗拒不了她媚眼的诱惑，既然不是绝缘体，他惟有以空间距离来达到眼不见为净的目的。

只不过即使看不见她了，在他的内心深处，也依然有个鲜活的俏影，冷不防便在沉思默想之际跳了进来，有时

柔情，有时火热，就是搅得他无法心如止水。躁动得再烦闷不过了，他便一个人到处走动，也并没有什么特别的目的地。

咦，怎么就会走到坟场上来了呢？他有些惊异，莫非是鬼使神差？但他只是以既来之则安之的心情对待，反正左右无事，散散心，哪里都可以。何况坟场安静肃穆，没有那令人精神疲惫的喧闹声，正好一个人静静地想着心事，或者干脆什么都不想，就呆坐在绿荫下，让那风儿轻拂在身上。

那鸟儿的啁啾声，在这安静的地方显得更加清脆。活着多好呀，他想，可是却有那么多的人已经长眠这地下，再也听不到这天籁了。

忽然便一惊，不远处那块墓碑上明明刻着："今日吾躯归故土，他朝君体也相同。”那意味着什么呢？

他站起身子，为一种好奇所牵引，随意走去。他发现那众多的墓碑，也各有各的特色。那男女老少的遗像，那各种各样的名字，令他的想像展开了翅膀漫天飞翔。

那心情悠闲，倒好像并不是在天国旁边走过一样。这时，生生死死又与自己有什么相干？

走着走着，心便莫名其妙地狂跳起来，如鼓。眼前一片朦胧，那墓碑的相片与字迹也模糊起来，他吓了一跳：莫非是盲了不成？

幸好那焦点又慢慢清晰起来，这一看，几乎把他整个人都击倒了：那相片、那名字，不正是属于王彩娟的吗！她什么时候便……

恹恹地回到家里，精神恍惚，没有吃晚饭，便上床睡觉去了。眼皮有如千斤重，但却无法立即堕入梦乡，人好像晃晃悠悠，不能控制理智，灵魂却漫天徜徉。是彩娟吗？那长发披肩的白衣女郎？彩娟回过头来，哀怨地一笑。她说她在月前跟男朋友去潜水，没想到竟踏上不归路。

他作声不得，彩娟却极温柔地说：“……我生前负了你的情意，我现在很愿意报答你……”他虽极力抗拒，却又不能自已，只好以更大的热情回应她的动作。从此，他越来越变得干瘦，但却查不出什么病源。那晚在梦中与彩娟在床上纠缠，他隐约听到她呻吟：“我要把你带走……”

飘过的影子

猛超从恶梦中醒来，心仍怦怦乱跳。伸手一抹额头，竟都是汗水。

满脑海流转的，都是大哥彪的影子，而且是倒卧在车子里，满身是血。

大哥彪纵横江湖，有谁敢不给他面子？只要他一跺脚，周围就没有一个人敢吭声了。想不到以他这样的地位，结果也会给人……

给谁？不知道。

那晚，猛超陪伴在大哥彪左侧，坐在防弹名贵汽车里，在青山公路上风驰电掣般飞驰。突然前面好像有个红衫女郎横了过去，汽车猛然煞车，惯性却把它带着冲前，"彭"的一声，车子好像撞倒了一团软绵绵的东西，而且轻飘飘地飞了起来。

他吃吃地指着夜空，说："大……大……哥，你看……那个红衫女子……"

大哥彪却好像什么也看不见，扫了他一眼："什么红衫女子？你今晚怎么鬼话连篇！"

他暗暗叫苦，但却又不能反驳大哥彪，莫说拿不出证据来，就算是有证据，他又怎么能够叫大哥彪怎样做呢？那是犯上啊！

只好不再说什么了。可是心却在嘀咕不已，明明看见撞倒了那红衫女郎，怎么下车又看不到什么呢？难道……

突然便一惊，红色衫，据说是厉鬼复仇的服饰，千万不要是枉死的仇家来索命！

但大哥彪若无其事，吩咐司机继续开车。但他总觉得车轮滚动在平坦的柏油路上，却一跳一跳的，好像荆棘满途。他惊问："大哥，这车……"

大哥彪横了他一眼:“阿超,你这么胆小,怎么做我的贴身保镖?怎么在江湖上混?车子好好的,你老是疑心生暗鬼,简直就是没胆匪类!”

他虽然觉得冤枉,但也不能再出声了。

大哥彪也太看不起我猛超了,难道我猛超是贪生怕死之辈?我这全是为他的安全着想,他的对头那么多,他手下杀死的人也不少,只要一个不小心,那些仇家从阳间从阴间杀了上来,怎么抵挡得住?

可以说是处处陷阱呀!

本来也不要我猛超这么操心,不过大哥彪救过我一命,我的命便属于他的,我怎么能够不负责他的安全?不论如何凶险,我猛超也绝不会皱一下眉头,舍身护卫大哥,我也不会吝惜我的生命;我死不足惜,但如果大哥彪也惨遭暗算,我于心何忍!

但他知道大哥彪的脾气,惟有暗暗加倍小心,手也抓着手枪不放,随时准备驳火。

车子驶到三叉路口,冷不防就冲来了一辆货柜车,拦腰只一撞,他只觉得全身一震,那车子翻转着卡在一条水沟中,紧接着不知从哪里跳出五六条大汉,手持 AK-47 自动步枪和手榴弹,呼啸着跑来。虽然寡不敌众,但他也不能束手待毙,还不及细想,他便拉开车门,开了一枪,他见到一个黑影倒了下去,接着便是一阵“彭彭彭”的枪声,他只觉得一痛,便什么也不知道了。

醒来已身在医院里,他的兄弟不知从哪里搞来了大哥彪最后时刻的相片。大哥彪面部被射得不成形,眼球脱落,那死去的惨状,十分可怖。

到底是谁下的毒手?警方调查了许久,也都没有什么破案线索;他极为不忿。

也许是因为他不忿,大哥彪才托梦给他?大哥彪满面流血,惨然对他说:“阿超,我不该不听你的话。那个红衫女郎，真的是复仇女鬼，我现在到了阴间才知道……”

大哥彪的声音越来越弱，他连忙追问：“那些枪手到底是谁？你快告诉我！”大哥彪把手指向远处：“从外地请来的杀手，动了手就立刻离开香港……”

养兵千日

他知道他自己的身价。

那回在湾仔大开片①,他一个人手持一把西瓜刀,也不知道撂倒了多少条凶神恶煞般的大汉。

这一战,令他在江湖上的声名大振,对方的首领,也难逃他致命的一刀。

他成了各帮派网罗的对象。

但他知道必须谨慎从事,假若要找一个帮主投靠的话,一定要能够让我出人头地。

最强大的那一帮也派人跟他密谈,来人说:"你要多少?出个价吧!"

① 大开片:粤语,黑话,大火拼。

“要我出价钱?”他问。

“世界上任何东西都有个价钱。”来人嘿嘿笑道,“你当然也不例外。”

他冷笑一声:“我是无价之宝。”

在内心里,他有他的算盘。他想,假如他投靠大哥强,金钱、美女……,他相信他什么都可以得到,但他认为他只不过为大哥强增加声势罢了,大哥强手下虎将众多,而且个个都是“开帮功臣”,在排名榜上,又哪里轮到他?他当然不甘愿只当一名小角色,但如果跑到弱小的帮会,那又不同了,只要自己左冲右突立下汗马功劳,打下了江山,那就是江湖地位了,谁也无法推倒他。

当别人都说他不识时务时,他暗自笑了。

“危险哪!”他的死党劝他。

“置之死地而后生。”他笑。

大哥青果然待他不薄,他要风得风,要雨得雨,成了青帮的新贵,一人之下,万人之上。

而且大哥青不是只在口头上满足他的英雄感,实际上,也一样给他极大的好处。

不愁吃不愁穿也不缺钱,饱暖又思淫欲,他看着大哥青那身材丰满的情妇烟视媚行,心便没有来由地怦怦乱跳。这么一个肉感的绝色美人,假若给我抱在怀里,欢乐今宵的话,那这一生就没白活了。

牡丹花下死,做鬼也风流?

他那色迷迷的眼光哪里躲得过大哥青的眼睛?

大哥青把他召了进去,问道:“喂,阿雄,老老实实,你是不是看上燕萍?”

他吓了一跳,吃吃地说:“大哥,你……不要……拿我开玩笑了,我不敢……”

大哥青拍了拍他的肩膀,笑道:“我们男人是做大事的,我哪会计较?要是你看上她的话,你就拿去好了,没关系的，我大哥青说一句算一句，你又不是不知道。”

“大哥，君子不夺人所爱。”他说。

“我和你都不是君子。”大哥青哼了一声，“何况，兄弟如手足，妻子如衣服，我怎么会颠倒是非？”

他明白，大哥青正在讨好他，只要他说一句什么，大哥青就会立刻满足他。但是他也清楚，有朝一日，大哥青不论叫他干什么，他都不能抗拒。

大哥青这是在投资。他甚至有些害怕大哥青越投越大，叫他无法抽身。

但燕萍的诱惑力没法挡，美人在抱，即使是天塌下来，于他也不过是一句话罢了。而大哥青好像根本不在乎，有时碰到他，还会笑眯眯地说：“喂，阿雄，你果然行！连燕萍也对你这么死心塌地，有什么房中术教教我们呀？”

他一笑置之，晚上抱着燕萍沉沉睡去，他忽然发觉自己成了荆轲，给燕国太子丹召在门下。荆轲无意中说了一句：“千里马的肝最好吃。”太子丹立刻下令将自己的千里马杀死。太子丹设宴，一名美女弹琴助饮，荆轲喝了一声：“好手！”太子丹马上要把美女送给他，他却说：“我并非迷恋女色，而是爱她的双手。”太子丹就命令将美女的手砍下，用玉盘盛着，送给了他……

突然间他便醒了过来。他知道荆轲奉命刺秦王不遂反给杀死的故事，他想：明天奉大哥青之命去杀大哥强，又会有怎么样的结局？

梦中情人

进源十分苦闷，都二十五岁了，却至今还没有一个女朋友。

人家笑他："喂！处男源，有没有搞错呀？多大了？到现在都不知道女人的滋味？"

他们的那些话语，常常撩得他心烦意乱。

看着那些人成双成对，搂搂抱抱，他就有一种青春期的冲动。

那晚他十分无聊，信步便走到尖东海旁。没料到每隔几步便是抱成一团的情侣在热吻，直看得他心猿意马。回家时搭乘地铁，他又见到一对中学生模样的少男少女，女的坐在男的大腿上，众目睽睽之下旁若无人，男的右手在女的大腿上游走，女的不安分地在那里磨呀磨的……

真叫人血液奔流，这近乎三级的场面！

他不敢再看下去，只好望向别处。别处乘客稀落，他空虚的眼睛忍不住又游了回来，再度撞在那抱成一团的情侣身上，心又一跳。

不禁暗骂：发情呀？穿上校服也这样猖狂！要做不如早点回家去，或者干脆就近租房啦，实在忍不住的话，免得在公众面前……

在公众面前怎样？要循规蹈矩，要是没有这免费的娱乐，自己会不会太闷，在这路途？

这时他才真正发现到，原来自己十分喜欢那男女交缠的画面，它让他浮想联翩，因为完全没有经验而失落，却又禁不住向往再三。他几乎想像自己就是那个男主角，而有了一种深深的代人感。

也不是没有努力过。他每天晚上上夜校补习日文，那个日本女教师，也不过二十出头吧？甜甜的笑脸，温柔的举止，令他有了一种冲动。

“娶老婆嘛，娶日本老婆好！”他对一个男同学说。

那男同学用怪异的眼光望着他，忽然失笑，“源少，你不是看上吉子小姐，想要展开追求吧？”

“哎，这是你说的，不是我说的。”他说。

“算了吧，看你那衰样，不是发情又是什么？”那男同学拍了拍他的肩膀，“大家男人，讲得太长气[1]就无谓了。不过，大家怎么想的，心照啦！”

他笑而不答，私下却秘密打听到吉子老师的住家。晚上十点多钟趁有些微的醉意，他壮胆去敲她的门。

吉子温柔好听的声音从门的背后传来：“什么事呀？”

他连忙镇定了一下自己，说道：“哦，没有，我只想跟老师您聊聊天……”

吉子沉默了一下，才说：“时间不早了，今天晚上不方便，有什么事明天在学校里谈，好吗？”

他还待说下去，隔壁一位阿婶开门走了出来，用厌恶的眼光盯了他一下。他再迟钝，也明白这情势不容再恋战，只好匆匆说了一声：“明天见！”便撤走了。

苦闷之下急将这经历透露给那男同学，那男同学大笑：“你也太愣了！也不选择一个好时机。”

情之所钟，有什么办法？犯傻也不奇怪。

“这吉子小姐，也不见得有多大魅力。”那男同学一面说，一面从怀里掏出巩俐的照片，往桌上一扔，“你不信，比比看，哪个更吸引你？”

他一看之下，眼睛发亮，一把便抢了过去，嚷道：“哗！卖给我啦，这相片！”

“给你没问题，但有什么用？”那男同学冷冷一笑，“画

[1] 太长气：粤语，太啰嗦。

饼充饥呀？你始终吃不饱呀！”

“那你就别管了。”他说罢，便怏怏地离开了快餐店。

晚上临睡前，他把那相片仔细又端详了老半天，看得他十分兴奋。熄了灯，还把相片塞在枕头底下，这才翻身躺下。心怦怦乱跳，在半睡半醒之间，似乎有个美女正款款向他走来，往后……连场的绮梦，叫他疲于奔命。

回魂夜对话

昏昏沉沉。嗓子也沙哑了，眼泪也流完了，她有一种随时会虚脱的感觉。

她倒在床上，朦朦胧胧便和衣睡了过去，像昏死一样。

但是脑袋里总嗡嗡地轰响着什么，她不能安静下来。肉体疲惫得要死，但灵魂却在不断地翻腾，而且碰到这里又碰到那里，怪疼的。

咦，灵魂也是实体吗？怎么会有这种奇怪的知觉？

她告诉自己，要镇定。她开始数绵羊，那白白的绵羊一只只地从她眼前跑过，抓也抓不住，但是她不但没有睡意，反而越数越精神，只是双眼又沉又涩又酸，天呀！这是什么日子，这般地折磨我？

不论怎样，她就是不睁开眼睛。

打了个盹，忽地便失去了意识，直直的好像坠向那黑乎乎的深渊，而且总也跌不到尽头，吓得她双足乱蹬，但悬在半空的感觉，上不着天，下不着地，实在太可怕了！

忽地便有一股阴冷的风徐徐吹来，直袭得她有些毛骨悚然。

她眯起眼睛一看，那挟着阴风飘来的，不正是福全吗？他怎么变得那般苍白，那般瘦弱，连胡须也不剃？

而且胸口还汩汩地流着血。

她骇叫一声："阿全……"

心中惊恐万分。阿全他……明明已经惨死街头，怎么现在又重现眼前，莫非是……

中午分手的时候，他在皇后像广场还深情款款地吻了一下她的脸颊，柔声道："我下午就去提款，你晚上等着我吧，我们再商量一下……"

结婚咧，能不好好商量？

谁会料到，阿全留下的这句话，会是他的最后一句话；他这一去，竟不复返。

她的心刀剐一般的痛楚，假如知道是这个样子，真应该抓住他不让他走；如果非走不可，也要跟他多说一些话，多亲吻他那柔软的嘴唇。

但现在他的嘴唇早已冰冷，而他那一身健壮的肌肉，也已经化为乌有，从人间蒸发了。

蒸发了如今又怎么回来了？她看见那灯光无端眨了三次，便亮得出奇了。阿全倚在墙角，好像在喘着气，很辛苦地支撑着不想让他自己溜下去。

"何必呢？阿全……"

她忘却了所有的怯意，又大叫了一声："像你这样，自己去了，扔下我一个人……"

福全哼了一下，声音单调平静得冷森森："我也不想，但是身不由己，命中注定。"

她忽然想起那次拉他去看命，他本来死活不肯，但又拗不过她。她说："快结婚了，不算个命怎么可以？"

她以为是上上大吉。结婚喎，人生大事，什么不好的东西，都会给这喜气冲掉啦！

但那个在大热天里仍然穿着灰布长衫的老头，头戴小帽，眼光从老花镜的上方直射过来，毫不留情地说："年轻人，不要说我这个真人浪得虚名，我就告诉你们吧，大凶啊！你们好自为之吧！"

连相命钱也不收，便挥挥手叫他们离去。

她大惊，脸色都变了，忙求道："请真人指点迷津！"

但老头依然挥手，只丢下一句："天机不可泄露。"

走出来，福全便取笑她："你看你看，不看就没事。"

好在她也放得开，转身也就忘记了这件事。没有想到，福全的死期转眼就到。

"他们说你要钱不要命，不然的话也不会打死你……"

他惨笑了两声："我也不知道怎么会反抗，鬼使神差的。那是结婚的钱呀，怎么可以不理？"连想也不想，他便飞扑过去，那人当胸只一枪，他什么也来不及想，便完了。

灯火忽地又一暗，她睁开眼睛，苦思了半天，这才忆起，这一晚正是阿全的回魂之夜。

短　巷

也只不过是徒步五分钟的路程吧，这条横巷。穿过去就是皇后大道了，走这一段路，虽谈不上柳暗花明，但是那种到尽头豁然的感觉，却是明显不过。

他天天如此横越，倒也不一定单纯因为这是一条捷径，在潜意识里，大概也有享受那种感觉的欲望。他想人生不就是如此吗，走走停停，像钻进小巷，转眼大街就在眼前，路不就是那样理所当然地向前延伸么？

这短巷两旁，是一色的布店，一间接一间，早上路过，也没有什么顾客，只有那些老板与伙计站在店门，那邻铺的同行有一句没一句地胡聊。他总觉得，这种慢节奏的懒洋洋氛围，简直不像香港；只不过平时都在紧张的冲刺状态中，一旦经过这里，他便获得了松弛。他喜欢这种间歇。虽然这间歇只有五分钟，他马上又会置身于车嚣人喧的闹市，但他把这五分钟视为精神上最好的调节。

他喜欢这条短巷。

由于听说这短巷里的旧式花布店将会拆除，重建新式商场，他的心已经闷闷不乐了好些日子。新式商场有什么好？还不是那种划一的式样？现代化？算了吧，现代化商场哪有旧式店铺那么有味道！想着想着，他也觉得自己老了，这样的怀旧，多不合乎时代潮流！

那天他忍不住停下脚步，问那个咬着牙签呆立的瘦老板："快搬了吧？"

瘦老板淡淡地答："是啊，以后有什么关照，到西港城去找我……"

"那边好哇……"他言不由衷地说。

"好什么？"瘦老板苦笑了一声，"要拆嘛，留也留不住，不搬到那里，怎么维生？"

瘦老板絮絮叨叨，好像好不容易才找到一个可以诉苦的对象。

做生不如做熟。新环境，谁知道怎么样？到了西港城，还有什么特色可言？人家鬼佬鬼婆喜欢的便是这里的情调……

“……但是不搬不行呀！这里是危楼，要重建，是大财团的天下。我们？不搬也得搬。听天由命。”瘦老板说。

他叹了一口气，继续前行。忽地铺天盖地的一声轰隆，飞沙走石，刹那间把他埋进黑洞洞的地底下，教他在疼痛中呼吸不得。挣扎着赫然惊醒，眼前漆黑如故，心却在怦怦乱跳，但并没有什么压在身上。夜凉如水，他听见煞车声刺耳响起。定了定神，终于弄明白了，自己正躺在家里的床上睡觉呢。短巷是确然有的，他也真的天天穿过，只是今天是星期日，他不必上班。

然而，他全然忘记了那短巷的名字，就好像那场梦将它从他记忆中彻底剜掉似的。

复制的恶梦

他突然从恶梦中惊醒，但觉满身都是冷汗。

坐靠在墙壁上，一闭上眼睛，那恶梦便又重新在他脑海里像电影般重新放映。

他提着沉重的公事包，匆匆在中环闹市走过。头顶的太阳热辣辣的，直晒得他满面流汗，他急急往前赶，最好就一步跨进文华酒店，除了可以吹一下冷气外，也证明自己进入安全地带。正走得昏昏沉沉，那斑马线亮起了红灯，他本能地止住脚步，抬头望了望那烈日，眼前发黑。忽然，那公事包被人一把抢去，他想喊，却喊不出声来，只见一条大汉提着公事包疾跑。他连想也不想，跳起来便直追过去，就像足球守门员扑救险球似的，凌空把那大汉撞倒在街边，巴士擦边而去，他们却翻滚不已。他终于把那大汉压在下面，突然听见一声巨响，他觉得胸热辣辣地疼痛，身子往后便倒……。

所有的细节，一点也没有遗漏，这让他十分惊骇。以往他做梦，醒来时总是记不起梦见了什么，这次为什么会记得一清二楚？

而且追逐了那么远距离，在光天化日之下的中环，怎么碰不上一个警察？

"真邪门！"他对贝妮姐说。

"你做白日梦吧？"贝妮姐笑道，"你又不是神经衰弱！得了得了，你别疑心生暗鬼了，职业病！"

难道是职业病？做这个珠宝经纪，真的用命来搏。如今劫匪猖狂，当众强抢已经算是客气的了，出动 AK-47 自动步枪与手榴弹，在闹市人群中乱扔，也已不是什么新闻。每天在街上携着满箱的珠宝跑来跑去，说不怕是骗人的。精神紧张……

但那场梦，明明不是幻觉，真的是一场恶梦，而且是梦醒后记得一清二楚的恶梦。

立体得有如身历其境，每一想起那胸口汩汩的鲜血，他就有一种恐惧感。

"怎么办？"他惶惶然地问贝妮妲，"不做又不行，那佣金那么丰厚，我们需要钱结婚……"

贝妮妲用食指一点他的额头："你这是怎么啦？生人不生胆！我看你休息几天啦，我陪你去大屿山度几天假，轻松一下，保证没事！"

也好。何况有美相伴，权当预支蜜月也不错。

"你怎么这么衰呀？"贝妮妲娇嗔。

但是到了大屿山的酒店，却并没有反对同床。

他心中溢满了甜蜜，人也果然放松了不少。

只是到了半夜全身疲惫地入梦，他又重复再做那个恶梦，他大叫一声，吓得贝妮妲急忙扭亮台灯，急问："你怎么啦？看你满头是汗！"

他想告诉她，那恶梦又卷土重来，但一看到她那惊疑的眼光，他又欲言又止。

何必呢？即使说了，她也不会相信。

他苦笑着摇摇头："我也不知道做了什么梦！"

本来是轻松甜蜜的假期，转眼又蒙上了一层阴影，只是为了不让贝妮妲扫兴，他忍住了，照旧谈笑自若。

回想起来，那重复的恶梦的细节，一点也没有走样，就好像是用录影带复制的一样。

他有不祥的预感，并且极力避免去文华酒店。但是他却又无法抗拒命运，有生意做，怎么可以放弃？

他想他可以改变路线，不料走到中环，便身不由己，心里想要绕着走，脚下却着了魔似的走着梦中的路。浑浑噩噩的，自己也控制不住自己。等到他发现已重蹈恶梦的覆辙，早就不能挽回什么了。

他的灵魂站在空中翻飞，只见贝妮姐正向警方哭诉："……他有预兆的呀！他出事的细节，跟他反覆做过的恶梦，完全一样……"

冤魂报梦

赵老太携着香烛与纸衣，离开村屋，到那荒山野岭中的空置村屋，一间一间地拜祭。

每逢鬼节，她都这样做。

她说："要拜祭一下孤魂野鬼，免得他们到处游荡，也没有人来照顾……"

拜祭了，也就心安理得。

这一回，她走得迷迷糊糊，不觉走得远了。

是一间偌大的弃置荒屋吧？也不知道谁是主人家，有那么一间屋子，竟然不住，想必太有钱？

要是给我住就好了！赵老太这么一想，忽地吃了惊：怎么便这样贪心起来？

赶快定了一下神，拜祭起来："有怪莫怪，我不该有这么样的歪念……"

烧香，供祭品，烧纸衣……

虔诚祈祷：皇天后土保佑我一家大小平安，来年我再侍奉……

那烟香袅袅，她望着出神。

深呼吸一下，她随意走动。到底是七十多岁了，眼睛也花了，看不清楚了。

等到她看清，整个人都呆住了。

那内室，不仅有床铺有被褥，还有衣服、鞋袜，以及罐头、汽水罐……

好像有人住过。

她吓得连连跪拜，莫非这里有孤魂野鬼闯入？

正要退出来，脚下一绊，竟有一粒子弹，她大惊失色，再四处一看，角落里赫然放着几枝长枪和短枪！

孤魂野鬼怎么会使用长短火？越想就越不对头，她感到自己误闯了什么禁区，再不小心，说不定会招来杀身之祸，后果不堪设想。

好在这个时候还是阳光猛烈的下午，不然的话，不吓得她魂飞魄散才怪！

她赶忙退出那村屋，回到家里，也不敢对家人道出，只是心事重重地冲凉，吃了晚饭便嚷着要上床睡觉。她儿子惊问："妈，你是不是不舒服呀？脸色这么差？要不要去看医生呀？"

她强笑道："阿妈身体一向都好，怎么会？可能今天去拜祭拜累了，我休息一下就没事了。"

"那你赶快去休息吧！"儿子说，"我都说不要太劳累了，你又不听！拜什么祭呀？现在的人，还兴这个？你自己累坏了，也不会有人可怜！"

赵老太忙说："你住声！这样的话你都说得出来！小心有报应！"

回房躺在床上，因为儿子的那一句话，竟有些心烦意乱，可千万不要惹什么祸才好！不然的话，多少年的功德一朝丧失，那才不值呢……也不知道怎么一来，神志便模糊起来了。

突然一惊，眼前阴森森，这到底是什么地方？眼熟，但一时之间又实在想不起来。

她慢慢地回忆，咦！这不是日间的那座古老荒屋？只不过如今没有阳光，阴凉阴凉的，是月亮透下来的光线吧？怎么这下又走回到那个可怕的地方去？

她正待逃开，却有两个血淋淋的人影挡在门口，凄凄凉凉地说："我们好惨呀！无端端便被那伙悍匪枪杀。这里是那伙人的贼巢，你替我们报警，给我们报仇呀……"

她急问："你们怎么不直接报给警察？"

那两个人影回答："不行，我们只和你有缘。你焚香烧纸衣给我们，所以我们可以跟你通灵，麻烦你替我们报这深仇大恨！"

说完，那两个人影便慢慢消逝，她也惊醒了过来。

次日一早，也不告诉家人，她便径往差馆去。那当值的警察听完之后却皱起眉头：“阿婆，你这样鬼话连篇，叫我怎么相信你？”

噩　梦

他看到米高满面流血，眼球突出，一瘸一拐地向他走来。像是跛了脚，又像是脚不点地。

总像不平衡地飘飘然。

他惊问："喂，你怎么啦？你不是刚才还好好的吗？怎么一转眼就变成了这个样子？"

狂欢，该是满面欢容回来才对。

米高呆呆地望了半天，忽地嚎啕大哭起来。他抽抽泣泣地说："……我才……十八……岁呀……"

十八岁，正是令人羡慕的年华。没有青春，世界再好也无可奈何地苍白。大把的时间，大把的将来，可以好生消磨。失败了可以从头再来。年轻真是太好了！十八岁真是太令人骄傲了！

可是，为什么米高你会说得这么凄惨？也只不过又过了一年而已，何至于这般悲哀？况且这元旦万众欢腾，兴高采烈地跑去凑热闹，理应尽兴而归才对，你怎么会……

米高轻轻地转了个身，轻盈得好像要飞到天上似的，那声音也缥缥缈缈，几乎捉摸不到。他努力倾听，又努力将那断断续续的语意连串起来，才大约弄清楚那用意。米高说，真不该去喝那么多酒。不过，高兴嘛，迎接元旦嘛，那能没高潮？如果不想凑热闹，如果不想去癫，早就呆在家里看电视，"……就像你一样……"米高对他说。

他想告诉米高，也只是在最后一分钟，他才改变主意，只因为临时身上有些发冷。去癫？谁不想？我也想呀，新年嗬，不去人多的场合尽情欢乐，自个儿呆在家里有什么意思！你米高十八岁，我阿坚又何尝不是十八岁！都是十八岁的情怀，彼此彼此。但他始终也没有出声。米高已经这么伤心，我又何必多说什么？还是听听他怎么说……

米高说，喝了那么多酒，脑袋就有些木了。新年倒数开始时，他走出酒吧，但见外头的人们挤得水泄不通，刚想返回，酒吧的铁闸已经拉上，他唯有继续向人群中挤去。

他觉得有些不妙，便说：“米高，你也真是的，有了醉意，你还去癫？”

米高却耸耸肩膀答了一句：“身不由己。”

怪就怪在有些半醉的人把着酒瓶狂欢，玩到失去理性，竟将酒瓶往人群中乱扔。于是，人们惊恐地争相走避，尖叫声、喝骂声此起彼伏，你推我挤，场面更加无法控制……米高泪水不断：“……要是我没喝酒，动作就不会迟钝，我也不会躲避不及，给压在最下面了……”说着，米高慢慢飘散，踪影不见了。他大吃一惊，眼睛一睁，四围漆黑一团，原来是一场噩梦。他苦思良久，只记得米高确然约过他去兰桂坊狂欢，迎接新年。

惹 火

望着云妮那被窄裙包裹的丰满身材，他悄悄地吞了一口口水。

那傲然挺起的胸部，仿佛随时喷薄而出，当她浅笑着把粼粼的眼波漫来的时候，他便有一种被淹没的窒息的感觉，心也竟然怦怦狂跳。

他现在才真正明白，什么叫惹火。

但他实在摸不透她的心，明明还在温言细语，一回头便可以换上冰霜的面孔。也不知道有多少次了，他把心一横：干吗那么贱，甘做她的奴隶？

愤愤地决定从此以后视她为陌路，哼！你走你的阳关道，我走我的独木桥。井水河水各自修行，我甘季龙怎么说也是一条汉子，怎么可以任你……

还没有想完，云妮娇声娇气地倚了过来，立刻便叫他英雄气短。

罢罢罢！男子汉又怎么样，俗语都说了：英雄难过美人关。时也命也。

先前的窝囊气全都一扫而光，只有云妮的笑靥如花，颤悠悠从四面八方围拢而来。那色彩迷人，那香气醉人，他的热血上涌，即立刻魂归天国，此刻他也不悔。牡丹花下死，做鬼也风流，什么男儿膝下有黄金，跪了也就跪了，但求美人青睐。"……你……"云妮哼哼着，但这个单字闯进他的耳膜，却立刻化成"猛男"这个词，熊熊地煽起他的欲火万丈。此刻，即使是悬崖，他也绝对不会勒马了，何况，抱在怀里的，竟是令他神魂颠倒的活色生香一美人。

云妮轻轻地扭动着身体，在他看来更是一种带鼓励性的暗示。他觉得自己成了在杀声震天中冲锋的战士，手持的长枪上了炽热的刺刀，眼睛因为狂热而发烧，满目都旋转着既定的目标。但他触到的却是丰盈的肉体，凶狠化成了另一种潜能，因为高度的付出而大汗淋漓，他幻想到暗夜悄悄退出战场。他重重地吁了一口气，看着云妮微合眼帘的神情，他但觉已经踊身跃入不可测的深渊。刚心满意足地想要闭目小息，忽地，云妮翻身骑在他身上，又打又骂，大哭大叫："你欺负我！你欺负我……。"他冷不防脸上给那尖利的指甲划了几下，辣辣的，伸手一摸，血都流出来了。这美女怎么转眼又成了魔鬼？他摆脱不了她的纠缠，而且她用同归于尽的打法，逼使他全力反击，手脚偏又被封住，情急中用嘴一咬——

是惊天动地的惨叫，他悚然吓住，灯光下乍见黄脸婆那瘦瘦的鼻子没有了一截，鲜血汩汩涌出，他大吃一惊，只觉有一块什么东西，"咕"一声黏糊糊地吞进肚子去了。

老板椅上的白日梦

忽然觉得,成了公众人物,代价实在太大。他太太却斜着眼睛哼道:"别扮什么清高!每次亮相,你还不是开心的!"

万众瞩目的感觉,当然过瘾。都是人嘛,哪会没有一点虚荣心?这世界这么精彩,有人崇拜别人,有人被别人崇拜,我偏偏成了别人崇拜的人上人,能不飘飘然?

本来,财不露眼,有钱也不要张扬,悄悄花费,要用多少便是多少,岂非快活似神仙?可是没办法,那陈半仙眯着眼睛说:"……杨老板,你呢,必须出名,出了名才能赚更多的钱。有名才有利,所以你不能不抛头露面……"

他原想一笑置之,他太太却正色道:"陈半仙料事如神,算了命,你就不能不听。宁可信其有,不可信其无……"他心里也不禁一怯。往事果然给陈半仙算得极准,未来大概也不会有很大偏差吧?倘若因为不听劝告而给打回原形,在过惯了富贵荣华的生活之后,那日子该怎么过?

于是频频曝光,反正有老婆大人安排。

于是名满全城,有谁不知道"杨巨发"这个名字?人人都竖起大拇指说:"青年才俊!"

是财进吧?金钱滚滚而来……

有了名声,各种不牟利团体也都纷纷打他的主意。一顶"慈善家"帽子套过来,叫他无法推却,捐少了,又立刻会给人讥讽:"这阔佬是他妈铁公鸡!"心里不觉悻悻然:我赚大钱是我的事,凭什么就一定要捐献给你们?我爱捐那是人情,我不愿捐那是道理,又不犯法!我连这点人权也没有?但他只能生闷气,却不能够公开发牢骚。他只好喃喃地说:我是公众人物,要注意形象……

他太太笑道："……你还怪我？陈半仙说得多准，好在你听我的……"

但是钱够用就可以了，干吗要那么多？

张老板喝到半醉，把嘴凑到他耳畔："没人会嫌钱多的。你不会金屋藏娇？"

忽听得太太大喝一声："别忘了记者老追踪你！"吓醒了才发觉原来自己斜倚在老板椅上做了个白日梦。

三 大千世界

三 大千世界

手 段

年近半百的时候，思想成了一匹野马。

只觉得高峰期已过，不论精神与体力，都已经明显地在走下坡，他有一种莫名的恐惧感。

他太太伊妮老是在他耳畔喋喋不休："……你怎么搞的？好像什么事情也都提不起兴趣……"

他倏地一惊，强笑道："唉！人生就像波浪一样，有起有伏，有高潮，也有低潮，这就好像是休息一样，是为了更好地冲刺。"

伊妮撇了撇嘴唇："要真的这样的话，那当然没问题，就怕不是。"

他疑惑地望了望她，也不再说什么，转身便走回房间里，在那部电脑前重坐下，又开始了他的写作。

这些年来，他写侦探爱情小说，风行一时。虽然他的生活比不上富豪，但却成了富有的"爬格子动物"。为了维持他作品的销量，他必须花样翻新，而且具刺激性；在情节的曲折离奇之外，必须洒一点盐花。

就写捉奸吧。

他的思路纵横，私家侦探受贵妇的重金礼聘，采用高科技手段，侦查她的名流丈夫。红外线高倍望远镜和照相机摄得铁证无数。

伊妮一直以来都是他的助手，忙不迭便追问他："结局怎么样？有没有想好？"

他本来的构思，便是闹上公堂，贵妇打赢这场官司，并分得名流的一半财产，然后跟秘密情人远走高飞。但不知道为什么竟烦乱得写不下去，他对伊妮说："我明天必须飞一次台北，搜集一点资料。"

伊妮蹦出了一句："你最近怎么啦？好像把兴趣转向

台北？三天两头便飞去那里，长途电话单上也都是打到台北的电话，台北有什么东西那么吸引人？”

他的心一虚，嘴上却哼哼：“你这是妇人之见，要收获就必须付出，要写好，不努力工作怎么行？”

等到他从台北回来，伊妮却把一叠相片甩在他面前，喝道：“你去收集资料，还是去收藏女人？”

这些赤裸裸的相片，赖也赖不掉。

原来伊妮雇了私家侦探，依照他在小说里所描写的情节和手段，对他进行跟踪。他从来也没有料到，自己随意杜撰出来的手法，竟会这般有效。

伊妮冷笑，这可是你抓你自己，怨不得别人。

离婚的判决，伊妮分得他一半财产。不久他便听说伊妮跟一个靓仔移居加拿大，双宿双栖去了。

大了一岁

在填六合彩号码的时候，他突然想起，昨天是他的生日，应该说他大了一岁，于是他把“三十”改成了“三十一”。

这三年来，他都填惯了那六个号码，他一直相信：他出生的月日加上他太太安娜出生的月日及两人的岁数，是他们的幸运号码。他一直这样填下去，有点始终不渝的味道。

他也曾经动摇过，问安娜：“你觉得这样守株待兔，是不是很蠢？”

安娜笑道：“怎么会？‘精诚所至，金石为开’，你这样坚持下去，终究会感动上帝的！”

他也弄不清楚，安娜说的是真是假，不过他从她喜孜孜的笑脸中看出，她必是非常乐意于他把她的生日挂在心上；至于中不中六合彩，好像倒也没什么在意。

安娜仍然处在浪漫情怀中。

其实他一直填那六个号码，倒也不一定是有什么坚定信念，他只不过也是懒得去动脑筋每次都要想新号码罢了。虽然如今有电脑代劳，但那是完全被动的游戏，人家安排上什么你就必得接受什么，他不愿意。

安娜也曾经问过他：“如今电脑拣号码多方便，你何必那么执著？”

他说：“现在做人似乎都没有什么自主权，比方上班，老板叫你向东你不敢往西，如今难得有一次做主人的机会，我为什么要放弃？当然要牢牢掌握在手里啦！”

只不过，执著填写的结果，却连一次安慰奖也都没有领过。

也不是没有动摇过——这样填写下去，是不是永远都是肉包子打狗有去无回？但终究还是因为懒，一直也就这样填下去。他自己也安慰自己说:不是不中,只是时候未到罢了,财神已经悄悄来临。

安慰奖?当然不要了!才一百五十块,够个屁用!要嘛不中,要嘛中头奖。

还是留机会给头奖,小奖嘛,算了。做人不要贪心,只要中一次大奖就可以了。说是那么说,他心中却不免耿耿于怀:为什么这三年来连一个号码都不中?

即使一直在填那六个号码,他心中也毫无把握。

既然如此,改了也就改了,也许自己长了一岁,会带来好运也说不定。原来那六个号码跟了我这么多年,也该松动一下了!

回家后他不跟安娜说,他想要她有个惊喜。头奖!一生人能中几次头奖?

晚饭时六合彩搅珠,他和安娜坐到电视机前。安娜说:"我有个预感,今天我们会中!"

他笑道:"我也是,看来我们心灵相通。"

搅珠开始。一个号码、两个号码、三个号码……前五个号码都中!他与安娜相拥在一起狂叫乱叫。"最后一个是你的幸运岁数,一定中!"安娜叫道。

搅出来果然是"三十"。安娜尖叫,他却几乎晕了过去:这一改,从头奖沦落二奖,上百万的奖金,竟滑落成五万多而已!

陷

福安吓了一跳，连想都不再多想，便急急忙忙压低嗓音说："我不会负责的，我已经有了老婆子女……"

在电话线的那一头，彩月似乎很平静，声调平板："我没有要你负责，我只是告诉你一声。"

放下电话，他太太从冲凉房走了出来，问道："谁的电话？看你这样不开心。"

又是一惊，他连忙挤出个笑容："没有。打错电话，开口就臭骂一通。这世界，变态的人越来越多……"

次日下班却被彩月的哥哥阿强堵在门口，劈头就骂："你以为你占了便宜就不用负责任呀？啊？"

人来人往，那些认识的眼睛，全都望了过来，一阵臊热流过他的全身。回过神来才回敬了一句："喂喂！你不要胡说八道到处造谣，你有什么根据？拿不出来，我就要告你诽谤罪！"

"你吓我呀？"阿强冷笑，"那就等着瞧吧！"

男婴呱呱堕地，哭泣着似乎要福安负责。

福安依然是有恃无恐的那句话："你讲什么都可以的啦！你说他是我的儿子，你有什么证据？你又不是当事人，凭什么一口咬定我是你妹妹的经手人？"

阿强狠狠地抛下一句："滴血认亲！"

他哼道："你以为是包公审案呀？"

闹了开来由政府化验师检查血液样本，并且进行遗传基因分析，结果显示他极大可能是男婴的生父。

福安呆了半晌，脑海里只回响着两个字：天哪，天哪……

他甚至怀疑阿强一开始就在陷害他。

阿强笑嘻嘻地说："李主任，我介绍一条靓女给你……”一见到彩月,他便抑制不住色心蠢蠢欲动。那个时候,他哪里知道彩月是阿强的妹妹!

那个晚上,他把彩月带到公司,干柴烈火,就在空荡荡的货仓里熊熊燃烧起来了。

也只不过是一次而已,怎么会这么准?

他继续强辩:“……我又不是用强,成年男女,你情我愿,犯什么法?”

但控方律师却呈上医生证明,彩月有轻度弱智。

凭着这一点,便足以令法官判他入狱两年。

他大叫一声:“阿强,你为什么这样害我?”

阿强笑而不答,后来还去探监,隔着玻璃面对他说:“我在货仓只求两餐,你向老板打小报告说我懒散,要炒我鱿鱼,你以为我不知道?”

天呀?他在内心惨叫一声,我怎么失忆了?

翻　版

她十分感谢命运。

人家都说:真不公平……

她也觉得不大公平。为什么有人生来就漂亮,有人就是其貌不扬?

但事实就是这样。

侥幸的是,她一生下来就是个美人胚子,自小到大,人人都叫她"靓女"。

习惯了,她也就认为,天生如此,那是没有什么可说的了。

人家也会好奇地问:你这么漂亮,你的父母也一定漂亮……

她说:"随你们怎么猜想吧,我没办法回答。怎么答也不对。"

因为父母并不漂亮。

她觉得,如果她如实招来,也许还会惹来更大的麻烦:这怎么可能?

也许心理阴暗的人还会在私底下吱吱喳喳,是不是私生女呀……

她才不想没事找事。

有时她也百思不得其解:为什么会有这么奇妙的结果?难道是负负得正?

母亲望着她说:"美美,你不懂,我也不是天生如此,我也曾经漂亮过……"

不能想像母亲漂亮时是什么样子,在她的记忆中,母亲一直都是如此平凡。

她也曾经要过母亲年轻时的相片看,但母亲只是沉沉地叹了一口气:"算了,给你看又有什么用?青春已经一去不复返。”

她也用过激将法，“妈，你老说你年轻时怎么，无凭无据的，谁相信？”

母亲苦笑了一下，“信不信由你。其实你信也好，不信也好，我是不可能再恢复当年的面貌的了。”

“那你也让我看一下嘛……”

“都烧掉了，一张都不剩了。”母亲说，“留着那些不可能再恢复的东西，又有什么用？只不过增加自己的烦恼罢了！”

“难道你一点留恋也没有？”她感到十分奇怪，“现在的年轻人，个个都趁着年轻美貌，留下倩影，有的身材好的，甚至还拍写真，为的是供日后的回忆。你为什么会做得这么决绝，连一张年轻时的照片也不留下？”

“你不会懂的。”母亲的眼光，似乎堕入了远古时候，“你还没有到我这个年龄，你不会明白我的心境。”

“我不会。”她说，“我才不会像你这样与过去告别呢。”

她在心里说：我为我的现在骄傲，怎么可能不把这青春年少留住？

母亲说：“花无百日红，美美，你信我啦！以后你会明白的。”

她再问什么，母亲也不肯回答了。

那天，闺房密友问她：“喂，你想不想知道你将来老了是什么样子吗？”

好奇战胜了一切。

闺房密友给她展示电脑，输入了资料之后，只一摁，她老年的形象便呈现出来了。

闺房密友“咦”了一声，她定睛一看，我的天！电脑中她的模样，简直就是她妈妈的翻版。

她目瞪口呆，久久说不出话来。

花　球

那对新人对视的眼神含情脉脉，而她的视线很快就下滑，停留在新娘抱着的花球不动了。

媚媚真是命好呀！也并不见得她长得如何出众，一来二去便俘虏了这位太子爷艾力克・谢的心；她这样想着，不觉苦笑了一下，一股酸溜溜的味道轻轻地漫上她的心头。媚媚是她的闺中密友，几乎从他们开始约会，她都对那细节了如指掌。但她总以为，像谢公子这样的单身贵族，有钱有地位长相也好，而且才三十几岁，又怎么会那么快便走进"恋爱的坟墓"呢？还不是东挑西拣，先过上一大段风流快活的日子再说？才不信他会对媚媚付出真情。甚至那天媚媚含羞带娇地告诉她说，谢公子带她在尖东那家大酒店住了一晚之后，正式向她求婚，她还几乎以为自己身在梦中。

媚媚到底有什么迷住艾力克的神秘武器呀？她的内心有些不忿，脸上却勉力绽起一副笑容，以好像带着玩笑的语气问道："怎么？迷倒了他呀？用的是什么绝招？从实招来！"

"没有，没有……"媚媚双手乱摇，脸颊飞起红晕，眼睛却避开了她的逼视。

"没有？没有才怪呢！"她步步进逼，有一种折磨人的残忍快感在她心中奔突，她忽地压低嗓音："是不是你让他获得空前享受……"

也不记得媚媚当时是如何的表情了，不论怎样，媚媚成了谢太太，在一片恭维的祝福声中。

媚媚紧紧抓住艾力克的胳膊，仿佛生怕他会飞走似的。只是到了扔花球的时刻，手才离开了片刻。媚媚抛出的花球，很优美地飞向参加婚礼的未婚女宾丛中，人群拥挤着向前扑去，全都顾不了仪态。她也记不起自己是如何左冲右突的了，眼中只有那色彩缤纷的花球；当她感觉到手一重，低头一看，紧紧抓住的，不是那鲜花造成的花球又是什么？人人都向她祝贺："好意头①呀！下回轮到你出阁了，也会嫁得这样好……"

她满心欢喜。是啊，可不能让媚媚专美！

不料，次日传来艾力克猝逝的消息，吓得她连忙将抱了一夜的花球甩掉，这才发现，掉在地上的鲜花已经凋谢了。

① 意头：粤语，兆头。

匿名信

郑志盛深夜回到家里，嘴上还喷着酒气，嗯，安妮那骄人的身材既惹火又香喷喷，那股味道幽幽地钻进他鼻子，立刻刺激他的神经，令他激情万丈，既温馨，又令人回味……

朦胧中脚步有些疲软，推开木门，他赫然见到客厅灯光通明，美婵就靠在沙发上看雷射影碟，头却动也不动丝毫，他感到情况不妙，酒也给吓醒了。

从侧面望去，美婵黑着脸，他暗想，这黄脸婆到底吃了什么火药？

不摸底细，他不敢造次，凑了过去，坐在她左边，也跟着看那电影。"是《胭脂扣》吧？"他明知故问，连自己都觉得有些讨好的味道。

她横了他一眼，往右挪了挪身子，保持了距离，却不吭声。他忍不住问了："怎么搞的？老公回来，就拿黑面神的面目来欢迎？"

她突然把一张纸摔在茶几上，"哼！你自己干的事情！你自己看吧！若要人不知，除非己莫为……"

他吃了一惊，难道我和安妮的事情……

但他表面上仍要装得满不在乎地冷静，冷笑道："什么大事？世界大战呀？地球毁灭呀？"

伸手便去拿那张信纸，心却莫名其妙地剧跳起来，好像面临着宣判一样。

一看，血"呼"的一下窜到他的脑门上来了：那个写得方方正正的美术体字，分明是出自匿名的无胆匪类之手。躲在阴暗的角落里，算什么好汉！

那字眼十分恶毒下作，也真他妈亏他写得出来。

那会吗？我郑志盛假假的①也是有头有脸的人物，纵横商场，当然不能心慈手软，但我怎会去迷奸安妮？也太离谱了。我不是没有钱，有钱，什么样的女人我上不了手？还用去触犯法律？开玩笑！

他说着说着，径自激动起来，倒好像在他面前的并不是美婵，而是那个笑面虎王世英。

他断定这匿名信必定出自王世英之手，只因为大老板更信任他，王世英好几次便在他面前酸溜溜地说："其实你和我一样，都是股东，为什么戴老板厚你薄我？我想来想去都想不通，真是没有道理！"

他因为稳操胜券而含笑不答，大概更激怒了王世英。

美婵静静地听着他解释，脸色终于缓和下来，抓住他的胳膊，叫道："这混蛋，我们跟他干！"

"后院"安定下来，他也放心了。冲凉时有些庆幸，三言两语就把美婵给打发了。

如今，首要的任务便是击垮王世英这个危险人物。他想来想去，只有铤而走险，因为他估计，那信既然发到他家，又怎会漏了戴老板？与其让戴老板盘问他，他还倒不如主动去找戴老板，先下手为强。

戴老板不动声色，只是大笑："是吗？有这样的事？不过你也没证据肯定是他写的呀！"

"我凭着我的直觉。"他说，"我的直觉很少不灵的。"

"细佬②！"戴老板拍了拍他的肩膀，"法律并不是凭灵感，而是凭事实断案，你不要太天真！"

他想也该见好就收，不要再纠缠下去，便不吭声了。

戴老板说："你放心。我是用人不疑，疑人不用。我看

---

① 假假的：粤语，再假。

② 细佬：粤语，弟弟，小老弟。此处指后者。

好你，好好做吧，你大把前途！”

看这个王世英以后怎么死！他凶狠地那么一想，但觉夏天的阳光澄蓝，充满着希望。可是也要注意一下自己，万一真的给王世英抓到什么痛脚，那就完了，戴老板不是善男信女，怎么会放过他？手脚被打断是少不了的了。

他赶紧约了安妮，闺房内抱着她说：“我们要提防包你的戴老板，更要提防王世英，最好就是能让那老家伙下决心，把姓王的踢出去，我和你就安全了……”

大水误冲龙王庙

三十而立，沙胆强却至今仍两袖清风，连一份正经的工作也没有。

本来一直也不以为意，这一天特别百无聊赖，他竟然也有反省自己的机会，也不能这样混日子了，但是连一点基础也没有，做生意？谈何容易！

他说："我可是想做正行呀……"

猪头炳却一味冷笑，"你想做就做了呀？想得倒挺美！告诉你吧！没有钱，免谈！"

"钱？"他哼了一声，"那还不容易？我只要亮出我的牌子来，谁个敢不给我一点面子？"

"那好。你就出马吧！"猪头炳似乎就要看热闹。

他气上加气，去就去，还用去死？

找到一家木材行，他对那老板说："给我一批木材，我沙胆强依正来做……"

老板点头哈腰，"强哥要，当然没有问题。不过我这是小本生意，经不起拖欠。我不知道账期多久？我希望越快越好，你知道的啦，我们需要现钱周转，强哥你有怪莫怪，体谅一下……"

他把胸口一拍，"孙老板你也太看不起我沙胆强了！我们'老旧'的人，说话算数！"

"只要强哥你一句话！"孙老板陪着笑脸，"以后还得请你的兄弟们多多关照。"

"好说，好说。"他笑道，"这个世界，无非是你帮我，我帮你。你孙老板这么爽快，我沙胆强不会不记得，只要有机会，我都会报答，你也不是不知道我，我是有仇必报，有恩必还的……"

说好一个月的账期，他把木材扛走了。

但没想到这门生意并不好做，他打错了如意算盘。眼看日子到了，他却只有五万块钱，还差孙老板十五万元。他对孙老板说："有借有还，再借不难。你放心啦！我会很快凑齐给你的。我沙胆强堂堂'老旧'字号的一条好汉……"

他也并不是不想还债，尽管以前又偷又骗甚至不择手段用暴力找钱，但这次总是想试试走正路……

但是走正路找钱，一点也没基础，哪里那么简单？连孙老板也闪闪烁烁地表示了："……按照规矩，我是不会给别人这样赊账的。不过是你强哥出头了嗬，你说什么便是什么啦，最紧要是大家 happy！"

既然一时之间还不清，也只好摆起一副无赖的面孔，嘻皮笑脸地说："嗱，孙老板，老老实实啦，我现在手头真筹不到钱，你说怎么办吧！反正，要钱我没有，要命有一条，要是你要，那你就拿去吧！"

孙老板连忙赔笑，"强哥，你真会开玩笑！我要你的命有什么用？以你的江湖地位，这钱……"

吞吞吐吐，有屁就放啦！他冷冷地丢下一句："总之，我识做啦！我这是有拖没欠……"说完便扬长而去。

谅这个小老板也不敢怎么样！

那天晚上，他在大排档消夜，几瓶啤酒喝得他有些昏昏沉沉，走过一条小巷时，忽地几条大汉一涌而上，七手八脚把他抓住，拖进附近的一幢唐楼，劈头当脸就是一顿毒打，带头的瘦高个喝道："你是什么字头的？借钱不还，都不知死字是怎么写的！"

他躺在地板上，抱着头说："我是……'老旧'的……"

那瘦高个踢了他一脚，"警告你啊！你可别胡说八道，乱报堂口，可是罪加一等，细佬！"

他说："我真是'老旧'的，我要怎么说，你才相信？"

"几时入的？"盘问得仔细起来。

"年初。"他哼哼。

“就算你是自己友吧，但是你知不知道，孙老板是什么人？”细高个喝道，“他也是我们的兄弟。亲兄弟也明算账，你欠他十五万，看在你也是自己友的份上，算了，你还二十万就了结！”

死　穴

他决定来个大报复。

就这样被炒鱿鱼，而且那公布的理由也很难听，分明不给我师爷孙一点面子。张扬出去，我师爷孙怎么还能够在这一行捞？

你张老板既然不仁，我师爷孙也可以不义，看他妈谁斗得过谁？

君子报仇，十年不晚。

也不必急于一时，慢慢来，等候时机，只要找出一个破绽，定把他搞到鸡毛鸭血！

到了那个时候，看你张老板后不后悔？我师爷孙是有点不干不净，想办法讹走公司的一点钱，不过也就三两万而已。这当然不对，但是生活逼人，也情有可原。他曾经哀求张老板："给我一次机会啦！我拖儿带女的，给解雇了，传扬出去，很难立足。"张老板斜眼望着他，冷笑道："我是用人不疑，疑人不用。我一向信任你，给了你很多机会，要不是我那么信任你，你能够骗得了我的钱？如果不是偶然的机会，我也不会知道。你既然这样对我，我自然也不能将你留下去了，不然的话对别人不公平。你另谋高就吧！"

听张老板的口气，他知道不论他如何哀求，也已经没有回转余地，他也就不出声了。

但他心里仍抱有希望，认为张老板已经臭骂他了，恐怕也还会念在他做了这么多年，也曾经有过功劳的份上，放他一马。把他炒掉恐怕是不可避免的了，但也不会公布他的罪状吧。

哪里想到……

那罪状，简直就是宣判他的死刑，名誉扫地自不必说了，讹骗公司钱财嗬，不要说三两万，便是一两百块钱，传了出去，还有什么颜面见人？

也不是不知道那严重性，不过身在其中，只知勇往直前，眼睛看到那花花绿绿的钞票，又何曾想到东窗事发的后果？

那时他老婆就曾经对他说："你收手吧！我又没有嫌你穷，有两餐饭吃就行了，你干吗要那么贪心，叫我提心吊胆？"

他嗤之以鼻，"人无横财不富，就凭那几个死工资，怎么过活？"

他老婆反驳，"你也没有搞到一笔横财呀！假如你真的能够搞到，那还值得去搏一搏，如今钱并没有多少，但要面对的罪名却一样，想来想去都不值得。你认真想想看，贼呀！这个字眼要多难听有多难听！"

他的心给刺痛了，实际上他又何尝不担惊受怕？可是既然已经开始运作了，他即使想要收手，也已经来不及了；就像机器一旦开始运转，哪能说停就停？

果然便出事了，莫非老婆那时的躁动，其实就是一种不祥的预兆？

事到如今，既然名声已经败坏，连找份工作都不大可能了，只好铤而走险。

他像猎犬一样紧盯着张老板的动向，果然给他找到了一个既报复又发财的一箭双雕的机会。

他给张老板打了个电话，说："……看在我们曾经主客一场的份上，我只要你给我五十万，我便什么也不知道。"

他说，他打听到张老板与别人临时成立一家贸易公司，以两千万元的价钱购回正计划重建的那条街道上的一幢大厦，目的是利用这种手法，来诈骗将会重建这条街道的公司的赔偿费。假如爆了出来……

张老板却连连冷笑，"随便！"

既然如此，反正钱也拿不到了，出一口胸中的恶气也好！他开始四处散发张老板的罪状，求社会给此事一个“公道”。

但没想到没有人理睬他。他气上心来，告到法庭去，哪里想到他竟败诉，因为那幢大厦并非被收购，而是由政府以土地收回令收回！

人在江湖

做人最要紧的就是有机缘。

一个人即使再能干，如果没有机会，也是英雄无用武之地。有机会显示，那就不同了；说什么英雄出少年，我看英雄出拳头！这么满足地一想，黑豹泉嘿嘿一笑，手只一挥，他手下的兄弟便簇拥着他而去。

尖东实在是个销金窝，光收保护费，便已经可以收到盘满钵满，何况还有那么多靓女，只要我黑豹泉看上，有哪一个敢不顺从，曲意逢迎？除非她从此不想在这一带捞啦！

这是我黑豹泉的地盘……

金钱美女，全部在这里等着我随意取舍。有了金钱，温柔乡中再留连。

这也就是机缘了。

也是等候了多久，我黑豹泉才等到了这么一个机会。好在我够耐心，一直小心翼翼，大佬明笑着拍拍我的肩膀，“你够义气，细佬！你好好做，我大佬明恩怨分明，不会忘记你的！”

并不是大佬明偏心，他确也是用命来搏回这个地位的。好几次仇杀，他都身先士卒，呐喊着冲杀在前，刀光剑影中，从来也没有退却过。大佬明的这片“江山”，即使不能说是他赤手空拳打下的，但他的汗马功劳，又有哪一个能够抹煞？

最叫大佬明印象深刻的，还是他那一次“护驾”有功。

假如不是他舍身相救，仇家重兵突袭，大佬明即使是三头六臂，怕也逃不出命丧刀下的下场了！

他当然也付出了代价，身上挨了几刀，躺了一个月，才算从鬼门关荡了回来。

大佬明那时什么话也不说，只是紧紧地握了一下他的手，便起身走了。

他知道他在大佬明眼中的身价了。

但假如不是警方的大扫荡，他想他恐怕不会有什么出息，至多也就是大佬明的“左右护法”，做大佬明的心腹贴身保镖罢了。而他却志不在此，不甘愿屈居什么人之下，看别人的脸色行事。

实在是应该感谢警方，在风头浪尖上，大佬明把他召来，当着众兄弟的脸，宣布：“……我目标太大，皇气①盯得很紧，得暂避风头，我决定去台湾躲它一段时间，看看什么环境再做决定。这里的一切事项，由黑豹泉主理。你们就当他是你们的大佬，我不在香港期间，你们要听他的差遣！”

众兄弟呆了似的，默不作声。过了一会，有一半人欢呼，另一半人依然不表态。

他知道他们不服，不过他也不放在心上，觉得这片江山，他自己出力不少，除了大佬明，别人也无法压得住他。这地位，是靠拳头与利刀打下来的，谁不服，可以站出来叫阵，看我黑豹泉怎样收拾他！

但没有人公然挑战，或许是敢怒不敢言？

也不尽然。自从他重新分配利益之后，癫佬风便带了一帮人，找他谈判。癫佬风说：“你这样安排，摆明是不给我们油水，大家同门兄弟……”

他立刻截住话题：“是兄弟我才这样关照你们，不然的话，怕也轮不到你们来分占！”

癫佬风一帮人愤愤而去，黑豹泉的亲信劝告他：“他们很不服气哩，你要小心点！泉哥，癫佬风出名地癫，要提防

---

① 皇气：黑话，指香港警察。

他使出什么毒计!”

但他却不以为然,“行走江湖,我这条命,早就准备不要了,哪还能顾得那么多?这也怕那也怕的,恐怕早就不要做人了!”

没想到癫佬风立刻就杀到,那几十条大汉集中追杀黑豹泉,斩得他气若游丝,最后一眼,他看到的,是同门兄弟呼啸着远去的染血背影。

倒贴一万元

三十岁了，阿占也不知道该做什么事好。

男人三十而立，如今他只不过是个推销员，大夏天热得满头大汗，大冬天又冻得浑身哆嗦，但他仍要在闹市奔走。为了两餐，有什么办法？

这份工作，既辛苦，赚钱又不多，也没有前途。

要是给我发达了……

每天便利用在快餐店吃早餐的空档，匆匆翻阅那些报纸广告。可是，那些广告，要嘛要求的学历太高，自己没有资格；要嘛工资太低，没有什么吸引力。

尊尼笑道："像你这个样子，高不成低不就的，还跳什么槽？吃屎啦！"

他不以为然，"那可不一定，这个世界那么多奇迹！一夜之间就可以……"

"好啦好啦，益下你啦①！"尊尼的手指往报纸上一点，"这个适合你啦？你那么劲！"

他顺着尊尼的手指望去，原来是一堆招聘小广告：

"招聘男公关，月薪五万。"

"男兼职薪优工作高尚。"

"聘男模特儿壮健保密。"

……

他的心一动，真是踏破铁鞋无觅处，得来全不费工夫。

虽然语言隐晦，他也已经猜到做什么了。

"就是做'鸭'啦，细佬！"尊尼大笑，"你可以考虑，有钱收，又可以媾女，财色兼收㖞！"

---

① 益下你啦：粤语，给你好处啦。

“你不要笑我啦!”他说。

但在心里,他却在暗暗筹划着发达之路。

回到家里,躲在冲凉房,他脱光了衣服,左照右照,外貌很一般,肌肉也不健壮,而且也不再青春了,他也不明白自己到底还有什么本钱?做“鸭”,听说条件多多,除了要能言善道,讨得女性欢心外,还得身强力壮,有无穷的精力。

但尊尼说:“不行?我给你胆子!告诉你吧,男人有各种各样的做法,你也不要太自卑。”

也不知道是真话还是讽刺,不过,到了这个地步,他也唯有勇往直前了。就像尊尼说的:“……你不试一试,怎么知道不行?说不定会成为‘鸭王’也不一定!”

要真是能够当“鸭王”,那就太棒了!又有得吃又有得住又有得玩,到哪里去找!

他决定登门一试。心想,最多就是做不成,也没有什么损失。万一成功了,这“鸭王”……

荣华富贵!

那公司负责人叫他穿上一件名贵西装,又叫他转了个身。然后请他把衣服脱下,“看看你的肌肉。你知道的啦,我们的顾客都是女的,这方面要求很高……”

他立刻自惭形秽,不过也不甘愿就此临阵退缩。

那负责人看了一会,皱了皱眉头,说:“啊呀!你的肌肉是差了一点。不过不要紧,我们会派人专门训练你的,保你不需要多久,便变成个大只佬①!”

他连忙称谢。那负责人说:“你刚来,当然没有底薪,但只要你去做了,一次可收六千至八千块,你与公司对分,也有三四千啦!何况三个月试用期结束后,我们双方都觉

① 大只佬:粤语,大块头。

得满意的话，那你除每次去做有钱收之外，另外还可以有超过一万的月薪。”他听了，只会说：“OK……”

过了两天，公司负责人电告他，说有位阔太看中了他的相片，要他去服务：“……她出价一万陪她一晚。她会把钱直接交你，但你是新人，还没有建立信任感，所以你先得将五千块交给公司，才可以去接客……”

他想想也是个道理，不料阔太并没有出现，公司负责人说：“黑色暴雨警告讯号呀，她出不来。不过她愿意再约个时间，再加一倍陪她两晚，但你要再给公司五千……”

一万块交了出去，哪里有什么阔太来？只有尊尼一见他，便笑嘻嘻地叫他：“鸭王！”

一刀斩出名

在一阵剧痛中，他惨叫一声，跳了起来。

在黑暗中他看见面前有个影子，使他以为碰见了什么复仇魔鬼。

他肝胆俱裂，却又止不住疼痛地翻滚。这一生做过多少亏心事，是不是报应就这样来到？

电灯打开了，他看见阿芬手上还拿着血淋淋的利刀，呆呆地坐在那里。再看看剧痛的下体，那鲜红的血染红了床单，令他痛得心悸。

难道她真的就那么样来了一刀？

也不是没有听她恨恨地说过："……你不要逼我，狗急跳墙，你把我逼狠了，我什么事都做得出来！"

那咬牙切齿的样子，饶是他一向大胆，竟也看得心惊胆战。

但他却始终也不相信她会怎么样。结婚那么多年了，只有他打她骂她，哪里有她发威的时候？那只不过是她情急之下胡言乱语罢了。

忍痛冲下床去打"九九九"，阿芬依然坐在床上，手上拿着利刀，既不说什么话，也不阻止他，整个人好像呆了一样。

他躺在担架上，给抬进救护车里。车子在夜色中"呜哇呜哇"地开走了，在颠簸中微微震荡，他的下体又剧痛起来，他闭上眼睛，几乎休克。只听见那几个医护人员在吱吱喳喳：

"哗！这么厉害！一刀就斩了下来！"

"这么狠，他老婆到底有什么深仇大恨……""子孙根喎！听说他们还没有孩子，这一刀，是不是连孩子也不要了……"

他在迷迷糊糊中听得大吃一惊：难道阿芬真的下手，而且一出手就这么心狠手辣？男人的象征喎……

惊醒过来用手往下体一摸，又是一阵剧痛，他哭叫起来："我的……"

几个人合力把他按住在担架上，其中一人喝道："别动！你忍着就有可能救得回来，如果你这样乱踢，恐怕神仙也救不了！"

他只好强忍着，泪却不断流了出来。我猛男强才二十八岁，我还没有享尽这世间的温柔，我不想做太监，如果做了太监，这人生还有什么味道？就算叫我做九千岁，我也不干，何况……

躺在手术床上，麻醉针一打，他整个人也就迷迷糊糊起来，只是隐隐约约有些心慌，假如手术不成功的话，那我这一生岂不是报销了？

但不容得他再想下去，便已经完全失去知觉。

手术成功，医生对他说："好在救护车人员够冷静够机警，救你的同时，也没有忘记把那斩掉的部分一齐捡来。当然也好在你太太手下留情……"

手下留情？他一怔，随即明白。医生的意思是阿芬没有把那斩下的阴茎丢进马桶里用水冲掉。

那不是阿芬，也许是什么冤魂附在她身上，借机报复罢了。虽然我出去滚，阿芬也不至于这样手起刀落。

警方控告阿芬伤害他人身体，而阿芬也反控他猛男强毒打和性虐待她。

经过冗长的审讯，结果双方的罪名都不成立，无罪释放。但阿芬却坚决要求离婚，他本来不肯，阿芬却阴恻恻地说："嘿嘿！难道你忘了那一刀？这次算你走运，还接驳得回来。要是有下次的话，那你就没有那么好运了，我非得把它剁碎不可！"

他大吃一惊，晚晚睡在身旁，她想动手，机会有的是，防不胜防。思前想后,他只好同意了。

没料到电影公司的导演却摸上门来,叫他当男主角,演回这个故事。

他问:“我行吗?”

那导演笑说:“我们拍的是三级片,够色情够暴力就可以了。何况你现在是一夜成名,一定具有票房号召力!”

美人英雄

也不知道是不是因为长得正气凛然，每次拍电影，他总是被挑上扮演正义角色。

比如包青天，比如关公，比如反黑督察……

总之，是充满了男子汉阳刚味道的人物。

也许是一种代入感，人人看到他，都会竖起大拇指夸奖他："哗，英仔，有你在，那些邪魔外道，全都要滚到一边去，哪有他们的容身之地？"

忽然间，有个导演异想天开，想要给他彻底改变形象，竟然叫他扮演"咸猪手"①。

他几乎以为自己听错了，一个字一个字地反问："我？我做——咸——猪——手？"

导演点了点头，"这就叫做新鲜感。你一向都太过正义太过英雄，现在来个大转变，增加刺激性。怎样？你有没有这个胆量？"

"喂，导演，你有没有搞错？我一向都令人拍烂手掌，现在叫我扮猥琐人物，你想行吗？"他问。

"那就看你的了。"导演微微一笑，"我无所谓。如果你不演，我找第二个。讲真的，我只是想给你一个机会，让你证明你自己的演技。"

想想也是。

如果不接受这个角色，看来导演也不会让他改演扫黄组督察。既然他不想放弃这部电影，也就只好接受了。

或许，这是一个新的机会新的突破？

而在他心底，其实十分明白，这部电影的女主角柳如

---

① 咸猪手：粤语，专向女性揩油的男人。

玉,才是吸引他的主要原因。

本来他想扮演扫黄督察,来一个英雄救美;因为他知道,柳如玉最心仪的就是穿制服的人了。如今他要饰演“咸猪手”对柳如玉毛手毛脚,弄不好他在她眼中的英雄形象,恐怕会在一夜之间烟消云散。

但到了这种地步,也唯有孤注一掷了。借着拍戏的机会和她做大面积的身体接触,焉知非福?或许在碰碰撞撞拉拉扯扯之间擦出火花,也不一定。

柳如玉似乎也对他有些失望,私下问他:“赵成英,你怎么连这个角色也做呀?”

他知道她的意思是“有失身份”,却不正面回答这个问题,只是高深莫测地说:“哦,无所谓,对我来说,什么角色都没关系,最要紧的是我自己的真正身份。”

“你的真正身份?”柳如玉的双眼放光。

他摸清她一向的爱好,每当他演出一个正义角色,她总会缠着他问个不休。

他当然喜欢她不离他的左右,只是她几乎每次都把他的角色当真,实在令他有些招架不住。

因为他知道,如果她再问下去,他恐怕就会露馅,完全暴露自己的无知;他当然不想自己在意中人面前出丑,唯有用模棱两可的话语来制造效果。

他说:“我的真正身份,连我自己也说不清。”

“怎么会?”她问,“除非你是……”

“卧底。”他压低声音,同时望了望四周。

她立刻紧张了,连忙把他拉到僻静的一角追问:“你是……卧底神探?”

他一怔,却又不由得点了点头。

“唉呀!我钟意!”柳如玉又叫又跳。

连他也以为自己真的就是被派遣到影圈,专门负责调查一些黑幕的反黑组神探了。

他终于把柳如玉追求到手，不过几次跑到婚姻注册处去注册时，每回填到职业一栏，他总是写不下去，以致半途而废。她奇怪地问他："怎么啦？"他心事重重地说："不行啊，我这个职业不能暴露……"

柳如玉下了最后通牒：这回再不签，便永远拉倒！

他却从英雄角色中清醒过来，恍恍惚惚有人提醒他：冒充警务人员，是犯罪行为，会被抓起来的！

他惶惑不已：美人在前，他该不该冒这个险？

眼前的女子

他在酒店的咖啡座里喝啤酒，等得已经有些百无聊赖了。

这个蓓琪，也只不过是电视上做个小配角的角色罢了，一般人都不知道她的名字，她就似乎把自己当成大明星了，在摆什么臭架子，我呸！

但他又舍不得就这样离去。

不管怎么说，蓓琪总是明星呀，大小都没有关系了。我超人杰什么女人没见识过？就是还没有女明星！如今好不容易有点门儿了……

还是要等！都说男追女，隔重山嘛！多点耐心，总会有希望的。

于是他平心静气地喝了一口酒，再也不去看手表了。他想，就当我在休息吧。想着想着，好多往事便流泻下来，使他沉醉在一种气氛之中。

在认识蓓琪之前，阿兰是我条女，不过看中了蓓琪之后，他就再也不想去动阿兰了。阿兰很绝望地问他："杰哥，你为什么这样对我？"为什么？我也不知道。阿兰说："杰哥，一夜夫妻百夜恩……"谁跟你是夫妻了！

万般恩爱已经像风吹过，还提来做什么！那个时候是那个时候，现在是现在，你又何必重提旧事，我超人杰男人大丈夫，怎么会回头！

他说："阿兰，这种事情，你情我愿，没得赖的。在一起的时候，最要紧的是大家 happy，如果有一个人感到不 happy 了，那就拉倒。总不能一厢情愿，对吧？一个巴掌拍不响……"

大把道理，呼呼呼呼……

虽然也觉得阿兰好惨，但是在这个关头上，怎能退却？

喜新厌旧？是人之常情的啦！歌仔都有唱的啦："……由来只有新人笑，有谁听到旧人哭？"

甩掉阿兰，也没有什么了不起，打又不够我打，吵又不够我吵。她总不能把我绑架吧，反正除了我，也没有什么有实力的男人保护她。

不要阿兰，只因为蓓琪的倩影闯进了他的视野。

蓓琪似乎一下就看穿了他的身份，斜着眼睛歪歪嘴笑道："哦，超人是吧？是真是假，一时之间也难说。"

他立刻跟上一句："其实要辨别也不难，今天晚上你睡到我床上，便什么都知道了！"

蓓琪扭着身子走开，一面说："就你心邪！只怕你是外强中干那一类货色……"

那烟视媚行的样子，再加上这句话，令他的欲火熊熊燃烧起来了。这条姣妹，终须有一天……

可是她今晚还没有来，莫非说了也不算数？

他随意地望了一望，忽然眼前一亮，邻座一个独身女郎，正在喝闷酒。反正这个时候也没有别的事情可做，他便端起酒杯凑过去搭讪。那女郎瞥了他一眼，哼了一声："怎么，想媾我啊？"

他微笑，"要问你受不受媾啦！"

三言两语，便坐在一起。那女郎看来也毫无顾忌，高声笑道："你问我，我问谁？"

他喜欢她那野性的姿态，正待再进一步勾引，冷不防蓓琪便一阵风地卷了进来，叫道："超人杰，你说等我，怎么又在这里媾女？"

他立刻弹起，赔笑道："哪有的事？是这条女勾我嘛……"说着便拥着蓓琪走掉，把那女郎扔在那里，他还唯恐蓓琪不信，大声地说："她又没有身材，又没有容貌，有什么好？哪里及得上你百分之一……"

转眼也就忘记这个事情，那晚他照旧来到那酒店咖啡座，坐下不久，有人往他背后一站，职业反应令他本能地一闪，那人却若无其事地走了。他刚吁了一口气，突然不知从哪里冲出几条大汉，手持西瓜刀往他身上乱劈。

他浑身是血奄奄一息，但觉生命在逐渐遁走，只听得一道女声恨恨地说："玩我？这条友①都没死过！"

---

① 条友：市井粤语，这个家伙。

港币变美金

上赌船，本来也只是为了见见世面而已，并没有什么特别的目的。也不是没有人劝过他："喂！你单枪匹马上去，不去赌博才怪呢！"他笑而不答。

说是上赌船，但他听说还有色情电影与表演可以观看。他想知道，那尺度可以宽松到哪里去？

损友笑得有些淫邪："肥炳！你用脑想像一下啦，赌船开到公海去，不受法律管束喎，要多劲有多劲！"

他却一惊："要是有海盗来劫掠呢？"

损友说："你怎么想到那里去了？人家上赌船去 happy，你却怕这个怕那个，照你这样，什么都要想得面面俱到，那干脆什么事情都不要做了！"

"小心驶得万年船。"他说。

"你不懂，你很少出来'浦'①，当然孤陋寡闻啦！"损友大笑，"老实告诉你吧！什么事情最刺激？惊险的事情最刺激！二十几岁的人，最要紧就是刺激了。过了这个年纪，你想要刺激，也没有机会没有本钱了。刺激加上神秘感，上赌船在公海漂游三天三夜，哗！我现在回想起来，都心思思②想再去了！"

从来也没有到过公海，何况是公海上的赌船，只是为了好奇，他把心一横，决定探险去。损友说得对："到了老的时候，就可以多一点回想……"

没听说过明知山有虎，偏向虎山行吗？

实在有气派！

---

① 浦：粤语，泡。

② 心思思：粤语，胡思乱想。

何况我肥炳并不嗜赌,不会在赌船上失去本性。身在赌船而安全退出,这是英雄所为;他这么一想,顿时觉得自己就是那个 Mark 哥了,只不过少了一挺冲锋枪,以及一副墨镜而已!

没料到三日三夜的船上生活实在太沉闷,看完那些刺激的表演,更加血脉贲张,却又苦无伴侣,这才想起孤身一人漂泊公海的凄凉。

为了打发时间,也只有下赌场了。

满船都是职业与业余赌徒,喧哗声中,更令他把持不住那种神奇的诱惑。他在琳瑯满目的牌桌间穿梭,走着走着便几乎迷失了自己。

赌就赌吧!小赌怡情,此时此刻,也唯有赌博,才是唯一纾缓神经的途径。

从来也没有想到,赌博竟会有这么刺激;赌钱罢了,假如赌命呢?比如玩俄罗斯轮盘……要钱不要命,要命不要钱;钱和命最好都要,这两种东西,是不是不能并存,对于我来说?

突然便惊觉思路滑远了,他重新集中精神下注。

好像几乎所有的赌博故事一样,他也是先赢后输,偏偏又不甘愿壮士断臂;明知后果严重,却仍然受不住魔鬼的诱惑,怨谁?

损友指点他如何搬"救兵"时,他还嘿嘿直笑:"不用了!我肥炳怎么会去赌?去嫖还差不多!"

这时才明白,损友果然是过来人。

那两条大汉一面掏钱,一面命他写上欠据,笑道:"不必紧张,有赌未为输,你去翻本吧!"

也不知道是托谁的福,他的手风居然很顺,大杀四方,把原来输掉的本钱也赢了回来,甚至盈利两万。他大喜若狂,急忙收手,并且立刻去找大汉还债,"……呶,这个是我借的钱。"然后再拿出一万块,说:"这是利息,多余的就当做请你们饮茶啦，谁叫你们是我的福星！”

那为首的大汉一掌把他的钱打掉，喝道：“肥佬！你看清楚一点！你欠我们的是美金，不是港币！你想用港币的数目来还美金的数目呀？做梦！”

他大吃一惊，仔细一看，借据上果然写的是美金。他晕了，借的明明是港币，怎么会变成了美金？

借刀杀人计

损友常常笑他："喂，茂生，你那么拼命赚钱干什么？青春无价，可别一下就给折腾完了。留得青山在，不怕没柴烧。钱，怎么赚都赚不完……"

他哼道："这你就有所不知了，兄弟！就是因为青春，所以才要拼命赚钱。要是等到老得都走不动了，就算你有金山银海，也没有力气使用，那有钱等于没钱，有什么鬼用？有钱就要用得过瘾！"

"有钱，有什么不能？"损友说，"你当我是三岁小孩？有钱能使鬼推磨！"

"所以啦！"他大笑，"钱太重要了。不过假如你老了，有多多的钱，也没有力气去滚，对吧？所以赚钱要趁早，趁年轻的时候，这样才能够享尽人间美色。"

损友恍然大悟，"原来你这个衰佬满肚密圈，一定经验多多，大家都是男人，你说来听听，教下细佬我都行吧？"

他一高兴，不禁口沫横飞，"呶，如果我不用搏命，怎么有钱去养北菇鸡？"

"哦！你在上头养二奶！"损友笑，"老老实实告诉我细节，不然的话，我告诉给阿嫂知道！"

"你都癫的！"他一惊，连忙掩饰，"人家随便说一句玩笑话，你就当真。不跟你说了！"

是有点做贼心虚的味道。

他当货车司机走深港线，一个星期至少有两晚睡在深圳，晚上无聊，长夜漫漫，该怎么去打发？那些同行几乎都出去泡妞去了，看得他意乱情迷。他想他也是血肉之躯，哪能没有要求？

认识阿妙，是在一家卡拉 OK。本来他也只是跟着那些同行出去消遣罢了，碰到阿妙，而且似乎一见钟情，大概也是命中注定的吧？也是那些同行起哄，人人都有美女在抱，他又怎能无动于衷？就算是天塌下来，这一晚也不理了！

一夕风流之后，他这才感觉到这个皮肤白皙、身材丰满的女郎，竟让他销魂不已。这个时刻，黄面婆是什么个样子，他都已经记不太清楚了；只有阿妙那欲拒还迎的神情，叫他好像掉入深渊，不能自拔。

阿妙缠着他，像一条蛇，吹气如兰："生哥，你以后就照顾我，好吧？我会全心全意待你……"

也就是想住进二奶村了。

他想来想去，觉得也挺合算。来来回回的日子，也实在太辛苦，如今只要在深圳有个落脚点，好像回家一样，有个女人好好服侍，要饭有饭，要水有水，想要上床温柔，也不必到处去物色对象，何乐而不为？

而且阿妙的要求并不高，只要有房子住，每月再给她三两千，也尽够了。而他在深圳便有了另一个温暖的家，实在太值得。如果在香港，哪里养得起？

一想起阿妙的嗲劲，他就有点不能自已。第二天便又决定去深圳，他老婆叫道："你好像去得越来越起劲了！深圳有什么好？有宝呀？"

吓了他一跳，只好胡编："最近生意多，不趁机捞一把，以后没有机会了，就后悔也来不及。"

推开那藏娇的"金屋"，他的心急速跳动，他幻想着阿妙会跳出来一把搂着他："老公，你回来了？"但是屋里静悄悄，毫无动静。一踏入卧室，他吓呆了，阿妙直挺挺躺在床上，胸口插着一把刀，早就死去了。

他在慌乱中连夜逃回香港，这才听说他成了嫌疑犯，当局已经下令捉拿他归案。他却认定必是香港有什么人借此陷害他，决意寻出真凶，然而香港警方也在到处搜捕他，逼得他东躲西藏。

终于找到那损友，他一把扭住喝问："是不是你陷害我?"损友满脸慌恐:"没……没有,我只不过跟嫂子开过一句玩笑,说你可能养了北菇鸡……"

他大吃一惊,他知道黄脸婆性烈如火,莫非是她买凶杀阿妙?

世袭的索命人

汉良心里很明白，他的生命已经走到尽头了。其实他也并不太留恋人世间，何况活到七十几了，也差不多了，可以说是福寿全归了吧？他想。但他知道不能说出来，不然的话……他望了望垂手立在床边的儿子，把话咽了回去。

寿终正寝的味道是怎样的呢？

忽然他有些不安了。他想起在他手下断魂的死囚们。手起刀落？指头一扳？还是揿一揿电钮？

那颗头颅带着怒目横眉斜飞而去。

那颗头颅带着弹洞汩汩流血。

那颗头颅带着伸出的舌头凝住了。

啊呀那都已经成了历史成了古董，怎么今天又会一颗颗重新在眼前不断晃动？

莫非这是一种不祥的预兆？

也不是没有想到会有这样的一天，但有什么办法呢？祖上的手艺，只好靠行刑来维生了。从杀头到枪毙到绞刑，死囚虽然一样是死亡的结局，但怎么个死法却大不相同，他有时也很纳闷，祖传的杀人技巧，实际上又哪里真的传到他手上了？随着时间的推移，执行死刑的手法也不断进化，哪有一成不变的道理？拿刀持枪也都不及一揿电钮地板松开绞绳紧勒脖子叫那死囚在几秒之内立刻身亡那么干脆。而且还留得个全尸，他对临刑前的死囚说。

成了一种习惯，每次执行死刑前，汉良都会自己掏钱，给死囚准备一顿丰富的晚餐。不管死囚视死如归还是满脸惨然，他都会诚诚恳恳地说："……你可别怨我，我纯粹只是执行命令，做我的工作，为了生活呀，没办法。你去了以后，可不要缠着我，我与你无冤无仇，我干吗要处死你？但我不做的话就没有饭吃。就算我不做，也还有别人来做，是不是这个道理呀……”

这些年来也没有什么鬼魂找他算账，而且罢手已久，但他总觉得内心里鬼气森森。特别在这一刻，他想嘱咐他的儿子赶快转行，但嘴巴却给好多影子堵住似的，一个字也吐不出来。

自身难保

只不过是三两下拳脚罢了，他便把那个入屋企图打劫的汉子制服了。

有刀又有什么用，最重要的是会不会使用，好比你有金蛇剑，但你并不是金蛇郎君，那又怎么可以把它挥舞得出神入化？

这个劫贼，太他妈有眼不识泰山了！也不先问问我秦一刀是什么人。

他太太倚着他，问："是不是该报警，把这个贼佬绳之以法，不再害人？"

那汉子低着头，沉沉地说："英雄饶命，我这是走投无路，没有其它办法，只好冒险。我以后不敢了，请你高抬贵手，给我一个机会，重新做人……"

他伸脚踢了那人一下，冷笑道："路是自己走的，你好自为之。我放你容易，下次再撞到我手上，你可没有这么幸运了！"

说完，便给那劫匪松绑。

那劫匪临走时丢下一句："你的大恩大德，我会永远记住的……"

他愕了一下，一时也体味不出什么；他太太却说："是不是还想找机会来报仇呀，他说的这话？"

他也觉得有些不妥，不过没有理由在老婆面前示弱，他把手一挥，哼道："谅他也不敢！就算是他想来报仇，也要有本事才行！"

"话虽这么说，但我们也不能不小心。"太太说，"我们在明处，他在暗处。明枪易躲，暗箭难防呀！"

"行了，我有分数。"他不耐烦地摆了摆手，径自跑进冲凉房冲凉去了。

那热水当头淋下，他竟有些清醒起来。是啊，应该将那人的身份证扣下，起码也要弄清他的名字呀！不过，如果这样做的话，会不会被明霞看不起呢？

她一直崇拜着他，老说："有你在我身边，我不用怕什么人。"

事实上，热恋时手拖手走在闹市，只要有男人淫邪的目光扫过来，他都会冲上前去，扭住那人责问。明霞十分开心："还是你最行。我以前的那些男朋友，一个个都没鬼用。有一次有个无赖在大街上故意冲撞我的胸部，云生一声都不敢出，事后还对我解释，说什么这样的下等人，根本不必去理会呐！我真想喝住他问，是不是如今是恶人世界，不管那些人做了什么，我们都只能不出声……"

他大笑："男子汉大丈夫，怎么可以做个缩头乌龟？我肯我的拳头也不肯啦！"

于是她很动情地叫他"史泰龙"，叫他"我的兰保"……

他知道自己在她眼里已经定型成一个英雄形象，即使成了夫妻，他也不可能完全袒露真我，不然的话，明霞可能会大失所望。

他只能把最好的一面显示给她看，比方说他使出浑身解数一记大勾拳一个扫堂腿，便把那持刀客逮住了，原本在一旁瑟缩的她也不禁欢呼起来。

虽然有时他也讨厌自己扮演的角色，很想恢复自己的真面目，但不行，因为人们认为他该是一个猛男，不能软弱，不能诉苦，不能掉泪，永远只能说一句："在我的字典里，决不会有'失败'这两个字！"

他纵横江湖见过太多的风风雨雨，只觉得善有善报，放了那劫匪一马，总会积下功德。

朦胧中睡去，他们沉浸在那胜利之中，睡到半夜，忽然觉得头颅上顶着一管坚硬冰冷的手枪式物体，一看，呀！这人不就是他放过的匪徒么？那人嘿嘿笑道："小人报仇，不用几天!”

财物给洗劫一空,警察赶来,问了他一句:“什么职业?”

他迟疑着讲不出口,他太太嘴快,吐了一句:“他是第一阔佬的贴身保镖……”

连 环 劫

她惊慌失措，都不知道该怎么办了。几乎整个晚上都没睡好，但天已大亮，她必须起来做早餐。起身眼睛还朦朦胧胧，蓦地便一愣，客厅的桌子上，放着一张白纸，她一看，上面写着家婆的字："我回乡下去，过几天便回来，你们放心。"

她吃了一惊，什么事这么紧急，连当面说一下也来不及，便匆匆地走了？

莫非是半夜里的事情，被家婆发现？

实在是天大的冤情！

也怪自己太疏忽，晚上睡觉也没有锁上睡房门。她老以为老公阿超随时都会回来，而她一入睡，最辛苦的便是起来开门。

但阿超并没有回来，他去澳门出差，本来也说不准哪一天回港。阿超没回来，半夜却摸上一个人，而且一上床那双手就极不规矩。她骇然问道："是谁？"来人压低嗓音："是我，你老爷……"

家公？她吓得几乎当堂晕了过去，叫道："老爷，你干什么？你再这样，我可要嚷了，奶奶听见了，你我脸上都不好看……"

不料那压低的声音却说："怕什么？不要惊，只要我们两个……嘻嘻……"

她一向与她老爷有说有笑，十分投合。难道因为这样他就有了非份之想，连儿媳妇也不放过？

她越想越气，对方继续用强，她被激怒了，不顾一切后果，又哭又叫一面手抓脚踢，就是不从。她终于保护了自己，对方灰溜溜地下了床，摸黑离去了。

她惊魂未定，急忙开灯，只见镜中的自己披头散发，脸色煞白；而心里仍在愤愤地想着：这个老爷，简直人老心不老，都这么大年纪了，还会想入非非？连扒灰也想，太离谱了，简直禽兽不如！

也有些害怕，大闹了一通，虽然没有让他得逞，但要是给家婆察觉了，那真是跳到黄河也洗不清……

好在似乎没有动静。

只是她放下了的心头大石，此刻也悬了起来：糟了！一定是家婆探悉那丑事，愤而离去？

她六神无主，老公又没回来，屋子里也只有她与家公了。但她不想去拍他的门，万一他发起狂来，屋子里只有她和他，什么事情也都可能发生的！

犹豫之间，家公便推开睡房门，没事似地打了个呵欠，随口问道："吃什么早餐呀，今早？"

她在内心里暗骂："你演技倒不错，干了这天大的丑事，现在倒装得没事发生过一样……"

看到那纸条，他也呆了。过了一会才问："究竟发生了什么事？我去打麻将，清晨才回来……"

她不理他，这时，阿超回来了，她急忙把他拖进睡房里，将夜来发生的试图强奸案，详详细细地告诉他。阿超一听，顿时火冒三丈，他跳了起来，推开房门，直趋他老爸那边，用不知从哪里学到的功夫，"啪啪"一连五掌，掌掌清脆玲珑，直击老爸的两边面颊。阿超边打边骂："你这个老东西，我与翠玉这么孝敬你，你竟然敢这样……"

他爸爸吃了几个耳光，不禁怒骂起来。父子之间你来我往，声浪越来越高，惊动邻居纷纷拍门劝架。阿超住了声，气呼呼地冲凉去了。等到他出来，推开老爸的睡房房门，想要继续吵下去时，老爸正推窗从三十楼跳了下去，只剩下一个目瞪口呆的他！

老妈忽地又回来了，脸上尽是一道道被抓破的伤痕。听到惨变，老妈大叫一声，晕了过去；临终透露说，夜里摸进媳妇床上的，是她，目的只是为了证实一下做家公的是不是与媳妇有暧昧。

她一听之下，惨叫一声，冷不防一头便撞在墙上，哪里还有命了？只留下一个阿超，呆若木鸡。

密码一六八

他总觉得自己十分好运。

八月十六日生日，这么好的意头，不是人人都可以在这一天出生的！

八月十六日，不应该这么读，而是应该像西方那样，把日期读在前面，然后才读月份。

这么一读，也就是：一六八。

"一六八"即为"一路发"的谐音，在这样的日子出生，想要不发太难。他一直这样相信，可是不知为什么，他总是没有发起来。

他老婆阿娇便一直嘟嘟囔囔："……你总说你一定发，发到哪里去了？我嫁给你都十年了，屁都没有发一个！我看哪，你就别再发那个清秋大梦了吧！"

一番话讲得他气结。

可是他也无话可说，阿娇说的也是事实。

那个时候跟阿娇恋爱，他总夸耀："你放心啦！嫁给我不会吃亏的。我命中注定大富大贵，算命先生早就批了，我不是小发，而是大发！"

说得多了，阿娇从将信将疑变为坚信。他甚至怀疑，阿娇最后答应下嫁，也全因为她觉得"钱"途在望。

"你就等着做一回富婆吧，这辈子。"他笑嘻嘻地捏了捏她的脸蛋。

"那还用讲吗？"她笑吟吟地斜睨着他。

那风骚劲，立刻令他身子都酥了半边。美人手到擒来，任他摸摸捏捏，长驱直入，那还不是因为老子有钱？哦不对，该是老子将要有钱才对。

"你这个短线投资，真是聪明抉择。"他说，"我看你具有投资战略眼光，有出息！跟着我，你此生不必后悔。别

看我尤进发今天什么都没有，终须有一天我会变阔。”

“短线投资？我看不出呐。”她一副不屑的样子，“也许我赔了我这一生，也成不了富婆呢？我可不是因为看到投资前景才嫁的。”

“不管是什么原因都好，总之，你嫁给我，我就不能让你委屈，你看着我一路发吧！”他豪气地一拍胸口。

不料倒给她抓住把柄，成了她不高兴时射向他心口的一排子弹。

他本来也想还她以颜色，“你不是说过吗？嫁我不是为了投资，而是因为爱我？”不过转念一想，假如她矢口否认说过这样的话，他也无可奈何。她甚至可以倒打一把说他狗急跳墙，他又能够怎么样？错就错在当初没有把她的话用录音机录下来，如今搞到无凭无据。

也不是没有发生过她在他大反击时大吼一声“拿出证据来！”的教训，既然拿不出，他也惟有败下阵来。如果口硬下去，她会告他“诽谤”也说不定。

惟有哑忍。千万别给我发达，不然的话……

哪里想到果真就在八月十六日那天中了六合彩头奖，而且派彩多达三千万！

他对着那六个号码，看了又看，几乎乐疯了。阿娇搂着他又吻又摸，平时他早就欲火汹涌了，但这一回他却完全无动于衷，只有那想像中的花花绿绿的钞票，才是惟一叫他心跳加速的好东西。

只要有钱，这世界还怕有什么东西得不到？

他想办法把钞票搬回家里，阿娇问他：“人家都拿支票，你干吗拿现金？财不可露眼，这样的道理你都不懂？”

“马会那边的人也这样劝我，不过我要来一记怪招，人家不会想到吧？我把钞票抱回来，是要过一过数钞票的那种过瘾感觉。”说着，他将一叠钞票狂抛。

出门时，阿娇问他：“你总不成把钞票也扛到街上吧？”他说：“你给我放心，我早就准备了保险柜，万无一失。”

看完电影回来，才发觉屋子有些零乱，而那保险柜也洞开，那些可爱的堆积如山的钞票也不翼而飞。

他急得大哭，叫道：“他们怎么会知道我的密码？”

阿娇冷笑：“我也知道。不是一六八就是八八八，你当然用一六八！蠢材！”

模拟勾引法

紫瑛十分为难,她不知道该不该去探访那个人。

她甚至认为那不是人,简直就是魔鬼,一个男人,不论怎么凶狠,也不该这样残忍地杀害一个女人,而且是与他同居的女人!

也怪这个女人瞎了眼睛,世界之大,男人又不是全都死光了,怎么谁都没有看上,偏偏就看上这个人面兽心的人渣!

而且听说这个女人年轻漂亮……

杀人者死。可惜香港实际上并没有执行死刑,而且那个人渣频呼冤枉。冤枉?不是他杀的,还有谁!难道真的出现了蒙面杀手杀了她?那也该有个理由才合逻辑呀!那女的没有什么仇家,又不是身怀巨款,更没有任何被强暴过的迹象。

能够接近她,趁她不留神便结果她的,也就只有这个人渣了。一夜夫妻百夜恩?玩厌了又摆脱不掉的时候,分分钟都会恶向胆边生,这些臭男人,还不是个个都这般下作!

可惜了这个小美人……

但既然判了死刑,即使不执行也好,作为社工,她被指派去探他的监,她也不好拒绝。

她的阿头①对她说:"黄小姐,我们做这一行的,一定要摒除成见。虽然法庭判他有罪,但他声声冤枉,而且他也还有上诉的机会,我们就不可以歧视他。我知道你不愿意,不过我们必须克服这种情绪。"

---

① 阿头:粤语,上司。

她找不到什么反对的理由，只好低头不语。

阿头拍了拍她的肩膀："我们做事但求问心无愧，你也不必太多虑了。"

话都说到这个地步了，除非辞职，不然的话，她也只好硬着头皮去了。

那些姐妹悄声对她说："喂，阿瑛，你去探那魔鬼呀？可要打醒十二万分精神！听说那人渣长得一表人才，是女人汤丸，你可别把持不住，意乱情迷呀！"

她啐了她们一口："你们也太没有同情心了，我是万不得已，你们却拿我来开玩笑，幸灾乐祸！"

她们说："跟你开玩笑，你怎么那么认真？"

不是认真，是没好气。

这个人渣，想必不是低着头不敢正眼望我，便是色迷迷地一眼不眨看呆了。

但没有料到，李承天既不是低着头，也不是色迷迷地望过来；隔着那玻璃窗，他只是淡然地望了她一眼，便平视前方，透过电话筒冷漠地问了一句："你看我做什么？我们又不认识，而且我是你们眼中的凶手！"

因为与原先猜想的反应完全不同，她竟结结巴巴了，过了一会才可以回答："……你以为我想看你？你令我们所有女人都害怕！要不是职责所在……"

总算就这样认识了。

不知道为什么，她越探访他，她就越觉得他是无辜的，定是有人陷害，才令他这样悲惨。

像他这样既英俊而又温柔的男人，怎么会是杀人凶手呢？对比一下她所听闻的凶手，那反差实在太大了，她无论如何也不能相信。

那些姐妹替她焦急，"喂喂，阿瑛，你不要吓我们！你不是看上了那个人渣吧？凶手喎，你好好想一想，你真的要跟一个杀死过同居女友的人渣同床做爱？别疯了你！"

她却冷冷一笑："就算他是全世界最大奸大恶的人，我也一样爱他！这没什么道理可说……"

"他是不是给你灌了什么药？"姐妹们叫道。

"探监都隔着玻璃，能够送什么！"她说。

其实也不是完全没有，那次看他，他忽然隔着玻璃板吻来，她竟把持不住，嘴唇紧贴而去，虽然冰冷，心跳却加速，热血沸腾，睁眼只见他的眼睛像深深的大海，她的灵魂直掉了下去，再也摆脱不了他的纠缠。

失控在电梯里

一向以来，他都畏惧搭电梯。

也说不上是出于什么心理，他只是觉得，被困在那样一个不见天日的大铁盒子里，实在有些恐怖，他常常不知道，这电梯将会向上把他带到哪里去，向下又把他带到哪里去？

只是，电梯里大都是挤得满满的，这时他的胆子也壮大了。

这么多人，又怕什么呢？

事实上，每次挤电梯，人那么多，夏天连汗味都可以相互闻到，他哪里又会想到其它？

只是，有一次，不是上班时间搭电梯，他被缓缓带了上去，一颗心竟好像要跳了出来似的，只觉得转瞬便要飘到天上去了。而下楼的时候，那电梯向下，向下，仿佛一直要冲破地底，直向什么地方潜下去，永不停止。

他患上了电梯恐惧症。

人家笑他："电梯是现代文明，要多方便有多方便，有什么可怕呢？像你这样迂腐的人，真是没见过！"

他却反唇相讥："你们已经成了电梯迷了，哪里能够反省？我再多说也无谓……"

他不但一个人不搭电梯，甚至许多人搭电梯的时分，他也宁愿独自爬楼梯。

二十楼，他常常爬到腰痠腿痛，汗流满面，气喘吁吁，十分狼狈。

起初，那些女同事也劝他："啊呀！你的脸都发青了，你今年贵庚啊？都四十了吧？年轻小伙子都不爬楼梯，你来爬？不要跟自己过不去了！"

他只是笑而不答。

这个时候，他知道不能多作解释，不然的话，只会白白招她们取笑，自取其辱。

“爬楼梯像苦力似的，有什么好？”女同事仍哼哼地说。

你不是我，我的用意，你怎能知道？

但嘴上仍笑道：“你说得对，我真的像苦力一样，有什么好？我也想不明白。”

“那么，可能是你 short short 地①了！”又是一阵乱笑。

他也跟着笑。

这些人，只看到表面，哪里会想到本质？

只好不跟她们一般见识了！不在同一个水平上的讨论，永远都不会有什么结果的。既然如此，还是沉默是金，任她们说去吧！

他认为，只要自己小心，便可以驶得万年船。

那条件便是，永远也不搭电梯。任人们怎么笑话他，他也只是一笑置之，并不动摇。

这一天挂起了黑色暴雨警告讯号，人人都不上班，老板打电话叫他上公司去巡一下，他只好冒雨去了。不料大厦的楼梯都给封锁了，连电梯也都坏了，他问那管理员，回答是：“你要上去，有一个办法，就是搭后面运货的电梯，它还在开动。”

也只好这样了，尽管他有戒心，但老板的命令难违。

关在那大大的运货电梯里，他闻到一股馊味，电梯四壁还不知给什么人画上三级图画。他的心变得十分紧张，这运货电梯令他透不过气来，他只好闭上眼睛，一面祈望早点到达二十楼。

但电梯忽然停住了，所有的灯都熄灭了。他伸手不见五指，感觉上自己好像一直在往下溜去，溜到那深渊似的

---

① short short 地：香港流行语，有点神经。

地底下,叫他的心没着没落……

他大力捶打电梯门,大声喊救命,但是一直到声嘶力竭,也都没有人来救他。

他觉得自己已经无望地沉沦下去,一直到远离人世的地方。

他没想到,第一次一个人搭电梯,他就被带离这活生生的世界,黑暗与冰冷一点一点地泻入他的体内。

朝朝暮暮地下情

每天上午上班，乘地铁来到太子站，她总觉得那个男人老是对她虎视眈眈。

她很心烦，又有些恐惧，跟男朋友加尔芬提起时，加尔芬却笑着拧了一下她的脸蛋："好哇！这证明我的眼光不错，你这么靓女，那些麻甩佬怎么会放过？"

她几乎翻脸，加尔芬才忙着说："跟你开玩笑呀。你别疑神疑鬼了，就算是那个男人对你不怀好意，地铁站上班时间人山人海，谅他也不敢怎么样！何况他大概只不过被你吸引，男人嘛，见到靓女，多看几眼，也是很正常的呀！你放心好了，香港是法治之区……"

又是一大套理论，听得耳朵都长了茧了！

只好不再跟他诉苦，有什么问题，到末了，还不是终究要自己去面对？

最现实的问题是，她依然要按时搭地铁上班，她也免不了要在太子站转车时碰到那个男人。就像是影子一样，想要摆脱也不能。

而且那个男子不只是望着她，这回趁着列车还没到站，竟走上前来对她说："小姐，恕我冒昧，我可不可以借个地方跟你商量一件事——你放心，我没有任何恶意，要是你不相信我，我可以给你证明。"

原来是一家出版社的编辑。

她一向也喜欢看点书，不由得便放心了。

他把她请到一角去，对她说："林小姐，我想出一个你我都省钱的办法，不知道你愿不愿意同我合作？"

能够省钱，也就等于赚多一点钱。钱喎，谁不要？

她问："什么办法？"

"你住在鲗鱼涌，到深水埗上班，使用储值车票，与我住深水埗，到鲗鱼涌上班一样，单程扣九块八，每天一来一回，就要花十九块六，对不对？”他直瞪着她说，“今后，我和你就在这里相互交换使用车票，那么出站时你和我都只扣最便宜票价三块三，也就是每一程我们都可以各省六块半，来回就可以省十三块钱。一年计算下来，你和我都可以各省近四千块钱，交税都可以啦！你说说看，我这条妙计，是不是天衣无缝？”

她一听，盘算了一下，果然是“好桥”①！能够省这么多钱，没理由不干呀！

但她还是很详细地问：“我跟你素不相识，你怎么知道我住鲗鱼涌，又怎么知道我在深水埗上班？你到底是谁？是不是跟踪过我？”

他大笑：“林小姐，这你就太看小我了！我又不是私家侦探，干吗要跟踪你呀？我现在都忙着赚钱，哪里有时间去癫？你想想是不是呀？”

她回忆了一下，也没发现有什么被跟踪的时候。但她还是不解地喃喃自语：“你没有理由知道我住哪里，也没有理由知道我在哪里上班……”

他神秘地眨了一下眼睛：“我有直觉。是一种直觉告诉我的，每次都很准。”

她转念一想，目的也就是为了省钱，大家happy，那也就够了，又何必去苦苦追问这问题？反正又不是要跟这个男人有什么纠缠！

她答应下来了，从此，每天早上与黄昏都会跟这位张先生在太子站碰头，不见不散。

这位张先生一向也很斯文，而且在她眼中也长得挺帅的。也不知道从什么时候起，他们便约会着一起去吃饭看

① 好桥：粤语，好点子。

电影，慢慢的，加尔芬在她的心目中褪色了，张智胜成了她心中的白马王子。

加尔芬愤愤地责问她："我怎么比不上他？"她耸耸肩膀："我不知道。"

张智胜很色情地摸摸捏捏，咬着她的耳朵说："在地底下，我的感觉特别灵。有个声音老告诉我，你迟早都逃不出我的掌心，老婆仔！"

向死神挑战

他老是向死神挑战。

骑着电单车，甚至载着女友，在那漆黑而悠长的山路上风驰电掣，车头灯狂火烈焰似地在山林间癫狂，风呼呼从耳畔掠过，转眼之间便把那些狂呼高叫的对手们甩在后头，他感到十分陶醉。

他对伊娃说："这便是对生命极限的挑战了！"

而且他次次都成了胜利者。

但他不对伊娃这么说，他要她自己去体味他的存在价值，他的英雄气概。

伊娃何等乖巧，立刻便接口："那你是常胜将军了！"

他笑，发自内心。

这"常胜将军"，正是他所需要的"封号"，但是如果经自己去提示，就远远不会像此刻这般过瘾。

做威风凛凛的铁骑士而从来不曾落败，想来也就是他一个了吧？

"当然！"伊娃偎了过来，好像籐缠树似的紧紧地抱着他，"我就最喜欢你所向无敌的样子，哥哥仔！"

古人说书中自有颜如玉，哼！现在时代不同了，赛车手只要成为"大哥大"。也一样可以出人头地。

又岂止是赛车的"常胜将军"，在床上他也是"常胜将军"，不然的话，伊娃也不会这么死心塌地跟随他了。情到浓时，她捏了一下他的胳膊，娇声道："衰鬼，你表里如一，不是中看不中用那一类……"

不论在床上或者是在龙翔道上，每当向极限挑战，他都有一种飘飘然的感觉，身在云端似的。

有时他也怀疑，那是不是一种幻象？

那个极限，是不是就是在生死之间的界线上徘徊？

但他只能自问自答，而且在内心里默默地自问自答，因为他不想让伊娃知道。

可是伊娃半夜突然醒来，把他推醒。台灯下，他见到她睁着惊恐的双眼，瞪着他。

“什么事情？”他因为被吵醒好梦而有些没好气，“什么事情那么大惊小怪的！”

她的眼睛里一片迷茫，良久，才嘣出了一句：“我听见那枪声，彭彭彭！一共十二响，流了很多很多的血，当场就死去……”

她说她看到哥伦比亚队的足球员艾斯高巴，就那样被枪手伏击，取他性命。

“我看你追世界杯追到昏头昏脑了，神志有点不清楚吧？”他不耐烦地重新又躺了下去，“艾斯高巴？你认识他呀？恐怕你连哥伦比亚在哪里都不知道！你怎么会看见他？你别说梦话了！”

但她却坚持说，她看到艾斯高巴血流满面。

“你又不在哥伦比亚，你在香港。”他说，“哥伦比亚的事情，关我们什么屁事？”

她说她不知道，不过她有些心惊肉跳：“……他摆乌龙把球踢进己队的龙门，哥伦比亚队输给美国队惨遭淘汰……”

“那又怎么样？”他哼了声。

“那就遭到杀身之祸，因为毒贩赌输了钱，满腔怒火，全都烧到艾斯高巴身上！”她叫道。

突然一股寒意由他头顶传到脚趾：原来踢足球也是在挑战生命局限，一旦输了，命也没有了！

但他想不清与自己有什么关系，还是收拾心情做赛车场上的“常胜将军”吧！

伊娃说：“你不要去了，我有不好的预感……”

但他是“常胜将军”，如何可以临阵退缩？

没想到“常胜将军”也终于有败下阵来的时候，一个分心，他栽倒在一个亡命之徒手上。

他还没有弄清是怎么一回事，一声枪响，他便倒了下去。那魂魄渐渐离开他的躯体，他犹听见有人大力踢了他一脚，吐了一口痰，叫道：“狗屎将军！累我输掉这么多钱……”

二人世界

她并没有想到会招惹这么巨大的麻烦，本来她以为，感情这种东西，合则来，不合则去，有什么不得了？

但朱莉好像不这么想，一会来电话哀哀地恳求："艾美，你不要这样对我啦，你知道我是怎么对你的了……"说着说着，便在电话线那头痛哭起来。一会又来电话狠狠地说："艾美，你这样对我，我不会放过你的！"

她的头都给搞大了，没日没夜地皱着眉头抽烟，也不知道朱莉这傻妹下一步会搞什么花样，简直防不胜防！

有苦也只能一个人自己独吞，又不能让贝安嘉一起负担。贝安嘉那么柔弱，真是我见犹怜，怎么忍心？有什么刀枪剑戟，尽管往我艾美身上砍杀就是了，天大的事我一个人担了，才舍不得叫贝安嘉担惊受怕呢！

贝安嘉娇嗲地倚在她的胸膛上哼哼："是啦是啦！你最有男子汉气概，我就喜欢你这一点，要不，当初怎么会被你俘虏？其实我本来就不喜欢同性恋的，要不是你这样那样挑逗我，我才不会跟你好呢！"

她捏了捏贝安嘉的胸部，色迷迷地答道："喂喂，你这是把什么都推给我啦！不过也没问题，老实说，你跟我，是不是很刺激呀？那些麻甩佬哪里可以给你这样的快乐？啊？"

贝安嘉软倒在她身上，哼哼唧唧："你坏！你老油条！你有阴谋！"

艾美越来越粗犷，翻身把她压倒，一面说："这证明我的厉害。男人能做的我都能做，男人不能做的我也能做……"

她是从男人手中把贝安嘉活生生地抢过来的。那时贝安嘉和她一起补习西班牙文，不知为什么，她竟迷上了贝安嘉。贝安嘉的男朋友也不以为意，任她们出双入对，只是淡淡一笑。她也曾故意探问贝安嘉："喂！你那条仔会不会不高兴呀？好像我把你从他手中夺过来一样……"贝安嘉笑道："黐线！你又不是男的，他有什么理由吃醋？"

她暗暗高兴。她要的就是趁虚而入，贝安嘉毫不设防，这给她造成了很好的机会。但她也老谋深算，决不打草惊蛇。她明白，没有十成把握，决不可以出击。

那晚她邀贝安嘉上她家喝酒，贝安嘉一口答应了。她没想到贝安嘉喝了一罐又一罐，便好像不经意似地探问："你好酒量啊？"

贝安嘉突然"哇"的一声哭了起来。

原来是刚与男朋友大吵了一场。什么原因？"他说我跟你在一起的时间比跟他在一起还多，到底把他看成什么喎！"贝安嘉抽抽搭搭地说。

"嗨！男人，没有一个是好的！"艾美愤愤地说，"所以我从来就对男人不假词色。还是女人好，女人跟女人在一起，不必防范……"

"我怎么办？"贝安嘉抬起了泪眼。

"不要理他。"她拍了拍贝安嘉的肩膀，"有我呢！喝酒喝酒！不醉无归！"

又继续再喝。她看到贝安嘉的眼波有了浓浓的醉意，便着意用手环抱她身躯，一面在贝安嘉的耳畔柔声地问："冷吗？你冷吗？"

贝安嘉梦呓似地哼着："我不冷，我很热。"

"把衣服脱了吧！"她说，一面动手。

贝安嘉缩了一缩，眼睛打出了问号。

她笑着说："都是女人，你怕什么？"也不等贝安嘉再有什么表示，她便把那衣服除下。

她甚至有些意外，没有料到贝安嘉会这么容易受诱惑，而且那种反应的强烈与柔弱的外表成了强烈的对比，令她血脉沸腾，动作也更加疯狂十倍。

她的感觉是空前的满足，相比之下，朱莉就太平淡了，平淡到令她立刻决定分手，一心一意跟贝安嘉建造“二人世界”。

她老以为朱莉也不在乎，日子过得这么平淡，彼此都该各自向外发展，以追求新鲜的刺激吧？像她与贝安嘉一样……

但是朱莉仍然鬼魂似地纠缠不休，那电话又飞了过来，不停地嚷嚷：“你再不来，我要自杀，化成厉鬼找你算账！”

越轨狂想

肥强其实是有苦说不出。

但再苦，也能说出来呀？他们在摸酒杯底的时候，老是调侃他："喂喂，我看你是全香港最后一个忠实老公了，除了闷酒，你从来不去滚①……"

肥强笑着说："出去滚干什么？如今爱滋流行，一次不慎，足以致命，别搞！"

阿秋撇了撇嘴唇："嗨，你呀，枉做男子汉了。没听说过牡丹花下死，做鬼也风流这句话吗？你如果为了这个而自制，也太笨了！"

"又不是没有老婆……"肥强嘟囔着说。

"哗！我明了！"阿秋怪叫一声，吓了他一跳，只听得阿秋继续对其他男人说："一定是他老婆床上功夫了得，把肥强收服得五体投地，哪里顾得出去滚！"

众人起哄，七嘴八舌地说：

"有道理有道理！要不，有哪个男人把持得住？""我看不是，肥强大概是怕老婆，哪里敢？连想想他也没胆子！"

"肥强，还是你自己坦白吧，大家男人，说来听听，没什么相干。最多我们大家保证不泄露出去，还不成吗？"

"没你们那么癫！"他笑骂了一句，便赶紧抽身出来，三步并作两步溜走了。

街头上的晚风一吹，他的酒意醒了不少。嗯，这个问题好难回答，还是不答的好。

都说他肥强不近女色，阿秋有一次便问他："喂，肥强，我看你不像男人，是不是不行啊？"

---

① 滚：粤语，出去玩女人。

他气上心来，喝道："喂，好了喎，你别这样侮辱我！我堂堂男子汉……"

"那你够不够胆跟我们去滚？"阿秋说，"我们都有黄面婆，也不像你这样做住家男人。"

"住家男人有什么不好？"他哼道。

"你困守着一个女人，闷不闷呀！可惜呀可惜！"阿秋阴阴笑，"外面的世界多么广阔，你不知道……"

他不吭声。他想，怎么会不知道？我肥强又不是圣人，哪能没有七情六欲？见到漂亮女人，怎会无动于衷？只不过表面上仍要道貌岸然，只因为黄面婆实在……

那次是在一次家庭舞会中吧，他拥着黄面婆跳舞，心却系在那个风骚女郎身上，那紧身的衣裙包裹着惹火的身材，好像随时就要喷薄而出了，只看得他一阵阵心跳：假如可以把这个女人抱在怀里！

心不在焉地舞着舞着，竟然舞到那女郎旁边，他假装很不经意地，用他的感觉，以屁股冲撞那女郎，然后便目不斜视地舞过去了，但是在那刹那，他只感到有一股火辣辣的滋味，"哗"的一下燃烧了他整个心魂，那具弹性的肉体，恍惚又再次软绵绵地紧贴而来。

实在是心猿意马，但他却不敢不加掩饰。

黄面婆虽然长得骨瘦如柴，而且妖精似的满脸浓妆，但是他绝不敢开罪她。她家有钱呀！如今的房子，还是她爸爸买的，连屋契也只写她一个人的名字。人一穷，志就短，有什么办法？甚至眼前所做的小生意，也是黄面婆的资本，说得好听肥强他是"总经理"，实际上还不是职员一个？要是有什么行差踏错，被黄面婆捉住了，那就吃不了兜着走，给她一脚踢开都有份！

他只能在黄面婆面前唯唯诺诺，出去滚，谁不想？但黄面婆太厉害。只好在那些男人面前扮演"纯情丈夫"的角色，正气凛然。不然的话，笑都会给他们笑到面黄。

舞会后回家，熄灯上床睡觉时，他忽然有一种冲动感，便抱着黄面婆粗野动作起来。当他瘫了下来，黑暗中黄面婆哼道："今晚你怎么那么勇猛，不像平时半死不活了？哦，我明白了，你是不是把我想像成那个风骚女郎，说！"

他大吃一惊，连连否认，但明明一想起那惹火身材便怦然心动……

走着走着，他凶狠地一想：什么时候也越一次轨，做给他们看，反正黄面婆也未必知道……

越轨

他总觉得这夫妻生活过得真乏味。

也不知道别的人是怎么样，但在他的想像中，总该有些脉脉的柔情，当他累了，她应该会以女性的温柔抚慰他的灵魂。

——然而，并没有。

她只会瞥他一眼，哼道："看你死蛇烂鳝的样子，一点男子汉的气概也没有。"

他差一点就要脱口回敬："我没有男子汉气概，而你的男子汉气概太多了，简直就是男人婆。"

但他也仅止于想想而已，也并没有说出口。他知道，假如他这样说，她不跳出来与他拼个你死我活才怪。何必呢，都活到四十岁了，再闹，可真要成为人家的笑柄了。

也不是不知道她似乎有点怪。婚前谈恋爱，在花前月下说到亲热处，他忍不住把手放在她的大腿上，她立刻使劲把他的手打掉，一面狠狠地迸出一句："流氓。"

更不用说其它部位了。

以为婚后该会有所改进，不料甚至在做爱时，她也还是坚决不准他的手越界。

那晚他溜去偷偷看三级电影，在血脉贲张之外，不禁痛心疾首：枉我活了这么多年，到现在还不知道什么是女人……

回到家里依然神色不宁，她好像窥见什么秘密一样，当场逼他脱下裤子检查。

他不以为意，不料她当场尖叫起来，吓了他一大跳。什么？去滚？怎么个滚法？

但他却跳到黄河也洗不清了。

但看着她摔东西骂粗口，一味沉默。心里只是想：女人？女人到底是什么样？要是能让我知道什么是真正的女人，哪怕立刻死去我也甘愿……

回过神来，他听见她在喝问："……我有什么比不上外面的骚货，你说。"

他动了动嘴，却依然无言。

心中却凶狠地下了一个主意：千方百计也要去越一次轨，不然的话，我白白地给冤枉了，太不值……

另一类接触

想到可以深入那个自己一向不熟悉的神秘地带，米莉就感到既紧张又兴奋。

虽然从香港大学毕业后，她一直当社工，也算接触过不少人，但这种人她却陌生。

是另一类接触。

自小她就被告知，庙街是男人街，正经女孩子不要到那边乱逛，否则……否则怎么样？没有人说得明白，但她却意会到，那些男人都是粗野的。

在电视上在电影上也不是没有见识过。对了，有一部电影就叫《庙街十二少》吧，好像是刘德华主演。那氛围，分明是正经人家所畏惧的。

想起庙街的女人，她便立刻会联想到阻街女郎，联想到年华老去的风尘女郎。

庙街是男人的天下？也许。但也只是低下层男人的天下，中上层的男人即使召妓，也决不会跑到庙街来。

这就是她关于庙街的大部分间接印象了。

如今，她就要生平头一次踏进庙街，踏进榕树头，在她二十二岁的时候。她有一种探险的刺激感。

带她的年长修女拍了拍她的肩膀，柔声道："放松一点，不要紧张，我们只是来传播福音，拯救他们的灵魂，又不是捣乱，没事的……"

她也告诉自己没事，但是依然紧张，心跳如鼓。

那在榕树头无精打采垂首而坐的中年男人，骨瘦如柴，满头白发，一看就知道是个"道友"①。上前与他聊天，

① 道友：粤语，吸毒者。

他抬起迷惘的眼睛，她只觉得他好像没有灵魂似的那般空洞。

"……你为什么要吸毒？大好前途，一吸毒，一生也就毁掉了。"米莉大把道理，"你为什么不珍惜自己？"

"靓女，你不要跟我讲耶稣！"道友强把手一挥，"你那些道理，我比你还懂，讲多少都无谓。老实讲啦，有谁不知道？有头发还想当癞痢咩！你都'黐线'……"

语言火爆，像机关枪一样扫射过来，她张口结舌，也不知道怎么应答。在她心目中，男人再粗鲁，在女人面前，总会客气三分。

幸好那修女立刻把话岔开。那修女把她拉到一边，笑道："是这样的啦，这些人。你也不必太在意，你早就有了心理准备对吧？"

她忙说是是是。但她却在自问：干什么呢我这是？无端端自己拿来贱？

做了一两年社工，她虽然也受过不少气，但总比不上这次这么没有面子。

关在自家洗手间里左照右照，不论她如何自我挑剔，那镜中人也确实够得上"靓女"的标准。不说别的，就凭这个条件，那个麻甩佬有什么理由这么无礼？

她从来还没有这样失败过呢！

凭着咽不下的这一口气，她决定与他较量，每天晚上都去榕树头找他。

起初，道友强虽然不再那么傲慢，但也总是不说话。直到那回，夜雨突然狂洒起来，米莉买了饭盒，依然准时赶来探望他。

那雨淋了他一身，也淋了她一身。他抬起眼睛，低声问她："何必呢？横风横雨，你来理我？"

但他从此便愿意开口了，而且滔滔不绝。我恨女人，他说，女人不是好东西，如果当初不是阿莲抛弃他，"……

我也不会吸毒了……”

米莉也搞不清楚怎么会觉得他越来越亲切，他听从她的劝告戒毒，并且绝迹榕树头。挽着他的手在闹市中行走，她突然发现他的头发变黑，样子也年轻了许多，啊呀，长得还真像刘德华！

她嫁给了他，当她听见别人称他是“精英靓女的老公”时，她不知道她到底看上他什么。

鬼节鬼新娘

一大群男男女女上尖沙咀去唱卡拉 OK,包了一间房,唱到颠三倒四,一对对地搂成一团,美娟这才发现,原来人家都是成双成对,只有她,还有袁广生落单。

那些人便大叫:"喂喂,你们两个也配成对,来个男女对唱。《在雨中》怎么样?"

她连忙摇手:"我的国语吓死人,怎么会唱国语歌?不要出我的丑!"

但是袁广生早已坐到她旁边,一把伸手搂住她:"有什么关系?大家玩一下罢了,那么紧张干什么?出来玩,最要紧是大家 happy。"说着便放开喉咙吼了起来。

也不知道唱的是国语歌还是粤语歌,人人听到前仰后合跌倒在沙发上。

慢慢的她也投入了起来。唱就唱吧,又不用死!

当唱到"在雨中,我吻过你"的时候,人人都起哄,玛莉更是大叫:"怎么个吻法?快示范给我们看看!"

她真有点担心这个袁广生真会趁机吻了过来,不过袁广生似乎也并没有那么急色,嘻嘻哈哈装疯卖傻。

蛇仔明笑骂:"喂,生哥,你是不是转了性呀?见到靓女都好像无动于衷似的!"

"谁像你呀?整个一色狼!"袁广生的手离开了美娟的身体,"我们唱完了,你们继续吧!"

给她的感觉,袁广生是个君子。

她怀疑他们有预谋,目的是把她配给袁广生。假如袁广生是个烂仔,今天晚上可真不知怎样收场。而袁广生的反应,又撩得她心理痒痒的。房间里的气氛狂热到要爆炸,他居然可以抑制得住,看来也决不像什么衰人,假如他真的吻她……

慢慢的她也就真的跟袁广生相好，玛莉斜着眼睛拉长着音调对她说：“阿娟，当初你就假正经了，叫你们 kiss 你还生气咧，你看现在你们……哦，原来那个时候你早就动心了，对不对呀？现在还不赶快谢谢我们这些大媒人？”

她伊伊哦哦不正面回答，只说：“有机会的，有机会……”

其实她也不是吝啬，对于钱，她向来也并不太看重。只不过如今与广生同居，什么都可以省一点，但房租却一分钱都不能少。而广生打工总是三天打鱼两天晒网，生活重担几乎全压在她肩膀上。

但她也没有怨言。她早就说过：“……只要我爱一个人，才不在乎他是强盗，是囚犯还是亿万富翁哩。为什么？爱是没有办法用常理来解释的。”

只要广生喜欢，她什么都肯做。

广生涎着脸对她说：“你不如去做舞小姐，赚钱又快又容易。你这么年轻漂亮，保证走红，财源滚滚来。存够了钱就退出江湖，我们去移民！”

她二话不说，点了点头，第二天果真就去了，连广生都吓了一跳，讷讷地说：“我是开开玩笑……”

她想他大概是有些内疚吧，但她却无所谓。只要广生有点钱过得开心，她不在乎。

条件只是：他必须守着她。

那晚，她本来要陪客。“我不回来了。”她对广生说，“你不必等我的门了。”

没想到那客人临时有急事，她只好回家。一开门，就觉得有些不大对头，推开睡房的门，她赫然见到广生与玛莉正在她的床上赤裸拥抱！

广生望见她，便推了推玛莉。穿上了衣服，他们当她是透明的一样，话都不说一句，便相拥着离去。

听着那铁门怦然关上，她厉声大叫了一声，喉头酸苦，只觉得世界一片空白。这么活着，到底还有什么意思？她浑浑噩噩地推开窗子，看见楼下的街边，有人在烧冥纸。她猛然想起来，这一夜是鬼节。她穿上了一身鲜红的衣服，凄厉地叫了一声："阿生，我和你结婚！"耸身便往外一跳，在半空中她似乎还看到，对面那家影院，上演的是《鬼新娘》……

飞 越 晨 光

她站在天台上,一切都已经想好了。

也并不知道这有什么用,可是,她能够做到的,也就是这样了;不用这一招,连发泄一下心中的怨气也不可能,她不甘愿。男人都是如此善变?还是我选中的不幸是善变的男人?阿超是善变的男人?还是他存心玩我,把我推上绝路?

想当初,那么多的男人,她没有一个看上眼,但他一出现,便像一阵风似的,把她的魂都勾走了。当他在床上搂着她像发高烧似的呢喃的时候,她认定今生今世就是他的人了。她看他那双被情欲焚烧的眼睛,对自己的女性吸引力,有一种骄傲的满足感。

她想:这就是本钱了。

有了本钱,才能无往而不胜。

而阿超,便是她心爱的战利品。

其实她也并没有遇到多少对手,她觉得阿超也并不是有太多吸引女性的魅力,只不过他是个保险经纪,嘴巴甜,能说会道,能够讨人喜欢,特别是容易轻信的女孩子的喜欢,倒也是真的。像她,也就是在迷迷糊糊中被他用语言俘虏。

她也不是没有恐惧感,三十岁了,比阿超还要大五岁,看外貌,简直就是姐弟,她的心一直很不安。可是每当她一提起,阿超便立刻用嘴巴封住她的嘴巴,不让她说下去。接着便是无言的接触,直至地老天荒……

她安慰自己说:年龄不是问题,阿超是真心爱我的,我该对他有信心。但有时也忍不住,刚刚与他热烈做爱,侧过身子便呜呜痛哭起来。阿超也不问她什么,只是大力擂着睡床,恨恨地说:“要我大过你,这辈子是没希望的了,下辈子啦!”说完便用头去撞墙,吓得她把整个身子横在当中阻止他,于是两个人便抱头痛哭。她更加努力地为他拉客,亲戚朋友全都一个不漏地成为他名下的客户,他的客源使得他在保险公司的地位窜升,财源广进。

看着他买车买房子,她心中暗暗欢喜。

他指着那张新房子的大床,笑道:“等我们结了婚,这就是婚床了!”

其实不用到结婚之时,这张床早就成了他俩的“婚床”了,不过她从他的言语中捉摸到他的诚意,自然心里甜如蜜。

没想到到头来好梦成空。

原来,阿超他一直只是在利用她,他看中的只是她的关系。如今他已经赚到钱了,便演出翻脸不相认的老套故事,因为在暗地里,他根本就有一个心爱的女人。

当她在晨光中从天台跃下,但觉阿超住宅的窗户从她身边掠过,但她却已听不清到底谁在尖叫了。

隐　形

翻到娱乐版，她忽然看到，歌影视天王巨星终于公开承认，Michell 是他的太太，她顿时百感交集，却不知荡漾在心头的，到底是哪般滋味。Michell，她也认识，天王巨星的影子嘛，人人都这么说。但是这个影子却不是跟着他在风光的场合亮相的影子，而是自愿深藏于“密室”的影子。她记起了一句话：“男人是灿烂的战斗部队，女人嘛，女人是暗淡无光的影子部队！”

她以 Michell 为榜样，不抛头露面有什么要紧？不公开身份有什么要紧？Michell 的丈夫是天王巨星，圈内人谁不知道他们已经结婚，但 Michell 却说：“……为了他的事业与形象，绝对不能公开他已成家的消息……”我那 Nilson 才刚走红，影迷歌迷越来越疯狂，更不能把同居的消息曝光。

Nilson 在她不高兴时常常劝说：“你看人家 Michell 多乖，多支持她老公！我们这样做是策略，要赚更多的钱，当然要红得发紫，对吧？如果那些‘米饭班主’全部跑光了，我们怎么办？喝西北风啊？”

是的，要住大屋，驾靓车、穿名贵时装、出入高级场所……哪能没有大钱？

权衡一下，只好继续做影子部队。每当她在娱乐周刊上看到他照例向记者否认有女朋友的消息，她总有个不好的感觉。

如今，天王巨星都已经不再隐瞒了，大概什么也看透了？

晚上躺在床上，当他腻了过来，她便发难：“你看了报纸没有？他们都已经公开了……”

他一怔，顿时停止了行动，眼神似乎有些警惕：“他们？

那又怎么样?”

“那我们呢?我们什么时候也……”

“那怎么同呢?”他坐起身来,“他已经到顶了,说得不好听,就是开始走下坡了。你以为他愿意公开呀?走下坡谁也无力挽回,现在公不公布对他都没什么两样了。我就不同,我如日方中,怎么可以自毁前程……”

难道现在的影迷歌迷还是分不清梦想与现实的距离么?难道我活该就要继续做影子部队,一直到你退休为止?

但他既然那样说,想来必有他的道理,她只好沉默了。

Michell你就好了,终于守得云开见日出,至少天王巨星可以给你正式名份,即使那光彩已经褪色也好……

Nilson的走势果然凌厉,她却越来越感到不安,因为她实在看不到结局在哪里。思前想后,Michell是早有名份,如今只是公开而已;而自己呢,连名份都没有,谁知道Nilson什么时候便翻脸?

她益发无奈了。

偶像罪犯

非繁忙时间的弥敦道，车路畅通。汤美驾着一辆敞篷的红色“法拉利”，好像一团跃动的火焰似的，疾驰在那大道上，车后尾随着几辆呜哇呜哇乱叫的警车，还有报社的采访车。

是一段生命的角逐吧，前路又不是完全平坦，车子虽不至塞满道路，但飞跑起来总得左躲右闪，一时之间惊险万分，差点便来个连环大撞车。

他狂按喇叭，内心里既紧张又刺激。虽然对于万众狂呼乱叫的场面早已司空见惯，但是从来也没有遇过这般的惊险。那一辆警车追逐了半个九龙也都对他毫无办法，他不由得萌生出暗暗得意的情绪。

这时，路旁观看这飞车大追逐的行人，男男女女全部在齐声呐喊，为他助威：“汤美，快跑！”“汤美！I love you！”“汤美好棒……”

这些呐喊声，比在场馆演唱时还要刺激，令他亢奋起来，他觉得便是这个时候一头撞在岩石上，他也已经不悔此生了！

他甚至没有想到，他的歌迷会这般痴情，本来他以为这些男男女女只不过是一时之兴，只要他走下坡路，他们立刻会毫不犹豫地离开他，人一走，茶就凉的故事难道耳闻目睹得还少吗？

只有在这时，他才深信，歌迷是永远跟他在一起的。

那个时候，他也不是没有问过那些蜂拥而来的年轻少女，假如我有一天走下坡路，你们还会不会这样拥护支持我？

年轻女歌迷们个个热泪盈眶，齐声哭叫：“汤美！我们支持你，永远支持你！”

有些感动，但他并不深信。

他太知道人情冷暖了,但现在……

难道这就是偶像的魅力?

偶一分神,车子便失控,一头撞在栏杆上,喇叭长鸣。他还没有来得及爬起来,几枝手枪的枪口,便黑洞洞地指向他的头颅。

指向他的头颅,就像他那时用手枪指向云妮的头颅一样。云妮似乎并不相信他会扣动扳机,即使他已经子弹上膛。她斜着眼睛轻蔑地说:"你敢?你没有这个胆量?别看你在台上万众瞩目,只有我才最了解你的德性,你要是一条堂堂男子汉,就不会在大众场所对着歌迷笑脸相迎,在私下对我便拳打脚踢!打女人的男人,算什么本事?有本事你找山姆决斗去呀,笨!"

一句话便激得他暴跳如雷。

自小他跟着酗酒的父亲生活,孤独而不快活。他渴望母爱,但却没有,一直到他突然在一夜之间名利滚滚而来,一脚便踏进上流社会,他心里最渴望的,还是女性的温柔,以补偿他生来的损失。

美女如云,像车辆一般在他身边不停转动,这花花世界,实在太美妙了!

云妮躺在他怀里问他:"你是不是我的?"

他笑:"我?我是大众的,你看那么多的歌迷……"

他当然是顾左右而言他,但云妮也不再追问,直到云妮跟另一个偶像出双入对,他这才省悟到,原来他对她的占有欲是那么强烈,以致怒火也熊熊地燃烧起来了。偏偏云妮反唇相讥:"你凭什么管我?我都不管你,你和我都是自由人,谁也别管谁!"

如今更公然提起花花公子山姆!他顿时失去平衡,血直往脑门冲,他狂叫一声,机械只一扣,轰然的一声响,他只觉得这个世界顿时倾斜在一片血液之中。

一个警察没好气地推了他一下,叫道:"你这个人渣,我都不明白，现在的人怎么可以不分是非，连老婆都……”

另一位喝道：“你再逃呀，大情人！”

他突然嘿嘿直笑，张口唱道：“……有些事你不必问，有些人你永远不必等……”

贱人，看招！

他本来以为命中注定要在这牢狱度过那漫漫岁月，直至寿终正寝。

是无期徒刑的代价，因为他杀死了他的女朋友。其实玛莉也并没有怎么招惹他，只是他有一种躁动在他内心里的暴戾感，酒后便狂乱地袭击她。

玛莉哀告着："我没有跟彼得好呀，你干吗打我？"

"我没说你跟彼得好，你现在说出来，便是不打自招！"他打红了眼，喝道："贱人，看招！"

拳下不知轻重，谁知道竟打死了。

杀人偿命，好在香港实际上并没有执行死刑。不过这无期徒刑，也太残酷了。

但已经没有办法了，人死不能复活，只好用余下的青春来抵偿了。

铁窗岁月太令人心惊，我才二十五岁，只怕还要活他半个世纪，没有了人身自由，这日子怎么过？

可是，难过也得过，难道还要自杀不成！

想起自己这二十五年来的生活，也觉触目惊心，他老觉得自己是被遗弃的人，他变成这个样子，是社会的错。

一生下来就不知道父母是谁，在孤儿院里受尽了白眼，他感觉到心理极度不平衡。他甚至看到别人生活得好一点也会自内心里产生妒火。玛莉是我条女，她竟敢和别的男人眉来眼去，谈笑风生，真是不知死字怎么写！

胸中有一团愤世疾俗的火球不断在滚动，他回顾了以往，只觉异于常人。

假如能够把这些经历公布出去，不轰动才怪呢！这也不枉到人间走一趟。

只是一个闪念，他便想到把它写成一本书。但随即有些胆怯。写书？这也是我傻豹所能做的事情吗？连字也未必认识多少。要是跟当年的狐朋狗友这么说，准会被他们笑到面黄！但眼前没有什么人可以取笑他，他也就理不得那么多了，写就写吧，反正写不成也不用死！

一写起来，也不知道为什么会这么投入，而且如有神助，平时不知道的字眼，也竟像爆豆一样爆出来。他只觉好像有个无声命令在催促：写得要出位，再出位！

是的，这是个出位的世界，假如规规矩矩，守着本分，人家怎么会有兴趣读？

要写，就要写出个三级大震荡，吃喝嫖赌杀人放火，无恶不作，这才够新鲜刺激。不然的话，像温吞水似的，读者都不要看！

果然抛出了一个重型炸弹。

只凭这么一部狗屁不通的出位自传，便引起了社会轰动，人家称他为"最具爆炸的天才"。

人人似乎都变得同情他，认为将这样一个天才囚禁一生，简直是太不人道了。有一位女郎还振振有词地说："人谁没有过错？错了，社会应该多给机会，让他痛改前非。怎么可以扼杀一个天才？"

群起汹涌，让他在狱中也感到欢欣鼓舞。

但他没有想到，舆论也有办法帮助他摆脱原定终生监禁的命运。

相比之下，外面的海阔天空多么自由，他才知道鱼儿和鸟儿是多么幸福，而自己也像鱼与鸟一样幸福了。

他的自传被改拍成电影，他获得了丰厚的报酬，从此出入名流场合，衣冠楚楚，不复当年的潦倒。

他觉得生活多么美好，但是在某一种特定时刻，他又会不能自制地回到暴戾的心境中去，只不过他极力装作若无其事，就在美女丛中穿梭。

突然，警方掩来，把他带走了，罪名是涉嫌谋杀了十名女性。

他也吃了一惊，自己为什么会这么蠢，还是用自传中所描述的那样，以她们自己的内裤将她们勒死。

难道是鬼使神差？不知不觉间，他竟拿起自己的内裤，便狠命往自己的脖子勒去。

秘功

已经是深夜了，王伯打了个呵欠，真困。又不能擅自睡去，他冲了一杯即溶咖啡，啜了一口。在冬夜里喝咖啡的感觉真好，暖洋洋的，香喷喷的。他有些心满意足地伸了个懒腰。发了一会呆，他抓起身旁的一份报纸，漫不经心地浏览花边新闻：黑人物涉嫌勒索被捕。省港旗兵①出动 AK-47 自动步枪行劫金铺。雌雄霸王“装弹弓”②，街头敲诈难逃法网。入境处官员受贿判囚半年……

琳琅满目。这社会是个万花筒。

有许多意想不到的事情，现实果然比小说还要令人惊奇百倍。还有多少真实的故事还没有被发掘出来？真的说也说不清楚。

眼前这些都是新闻。并不是什么事情都可以称得上新闻。比方老生常谈，天天登它，读者看得都会反胃啦！

记得少年时就听老师讲过，狗咬人不是新闻，人咬狗才是新闻。

细细体味，可以知道什么是新闻了。

像我们这里，天天也就是货车出出进进，我做这工业大厦的看更，只要看着就行了，也不会有什么新闻发生。

而今夜的天气真冷，忘了听天气报告了，难道寒流袭港？他缩了缩身子，尽量保暖。

这时，一辆货车开了进来。

他望了一眼，也不加理会，继续再看报纸娱乐版、体育版。抬头再看，咦，那货车怎么横在通道口？照这般停法，

---

① 省港旗兵：指从内地非法来港并打劫的团伙。

② 装弹弓：粤语，设陷阱。

其他车子可就别想驶进来了！

他走出“玻璃房”，已见那个长发青年正在卸货，便叫道：“喂，阿哥，你的车子不要泊在这里，费事阻住地球转！”

长发青年望了他一眼，并不答话，依旧埋头搬他的货物。

他走了过去，轻拍长发青年的肩膀：“阿哥……”看到射过来的是两道恶狠狠的目光，他不觉一怯，忙放软语调：“帮帮忙，把车子挪一挪好吗？这里不能停车……”

长发青年站直了身子，哼道：“这么晚了，又没有其他什么车子来，停在那里有什么要紧？你不要在这里啰啰嗦嗦了，阻住阿叔做事情，你呆一边凉快去吧！”

是没有什么车子来了，此刻，在这里，就只有他们两个人了。但职责所在，万一主管来巡视，失职的罪名，岂不是轻易就戴上？

他再度出声：“帮帮忙……”还没讲完，那长发青年张口只一咬，他痛得惨叫一声，原来中指指头竟给咬断了！

但听长发青年怪笑：“教你知道我欧阳锋蛤蟆功的厉害……”

风雨不改

都已经五十出头的人了，生命中哪里还会出现奇迹？拖儿带女的生活重担，教他安于在这家设计公司当个美术设计。那些年轻人的设计意念大胆而出色，自己老是有跟不上的吃力感觉，但也要拼命。不然的话随时都会被淘汰，这是个优胜劣败的世界，他明白。再冒升是不可能的了，能够保持现状就谢天谢地了。所以，部门主管吩咐他干什么，他也从来不会拒绝，因为他知道自己的本钱不多。

岁末许多工作都要赶着做，临下班前那主管对他说："喂，林先生，这个海报非常紧急，你今晚就开个通宵，明天上午交货，OK？你是老臣子，够经验，交给他们，我不放心……"

他们，他们怎么会干？老臣子？老家伙罢？老家伙是拿来差遣的。

但他脸上却绽开笑容："主任，我尽力而为。"

真困。泡了多少杯咖啡？又抽了多少枝烟？记不清。眼皮如千斤重，用冷水湿毛巾擦一把脸，又再做下去。马上要过年了，又要一笔钱。这期六合彩累积奖金有几千万吧？明天还要买老号码，中三奖也可以过个肥年……

总算在天亮时完成了任务。老了，真受不了，回家不吃不喝往床上一躺，醒来已是晚上。忽听电视台报出本期六合彩头奖号码，他几乎吐血。

五年风雨不改每期都买同样的六个号码，偏偏这一次睡过时间买不成，那五千万竟属于这六个号码。

信用卡

阿琳掏出信用卡，往那侍者面前一扔，那些姐妹们立刻用羡慕的眼光望着她。

她笑了一笑，抽了一口烟，烟雾徐徐地从鼻孔喷出来。她斜眼看着她们道："怎么？服了吧？"

金卡啊，任我签。

"你就好命啰，琳姐……"

她不吭声，心里却欢喜得很。

各有前因莫羡人。我阿琳命好，想避也避不开。你们认命吧！

"这一餐，是不是告别餐呀？"

"那又未必。"她把烟头捻熄，"不过，以后我大概也不一定有那么多时间了，不能陪你们，你们大家都乖乖的，好自为之……"

"你要嫁人呀？"

"你口松，不告诉你……"

"真舍不得你呀，琳姐！"七嘴八舌。

她忽然有些感动，站起身来，说了一句："走！你们跟我去逛逛，看上什么东西，只管说！我送你们，作为纪念品……"

"去女人街呀？"声音怯怯的。

"你以为是以前呀？"她大笑，"我们去'先施'，去'永安'，再去'连卡佛'，想去哪里都行，随你们！"

今时不同往日，我有金卡！

"你那哥哥仔有钱？"

这还用说？她笑而不答。但思绪却飘飘荡荡，眼前浮现的，尽是阿明的笑脸。她问他："你怎么突然阔起来？"他捏了捏她的鼻子："突然？也不见得。我中了六合彩呀，头奖！不发达才怪。你不要管那么多了，有钱尽管使吧。你就等着做少奶奶吧……”

做少奶奶？那当然是求之不得啦！不愁吃不愁住还不愁穿，不用看别人的脸色，反而要别人看自己的脸色，太过瘾了！实在想不到我阿琳今生还会有这样的际遇……那些姐妹们拣好了名贵手表，她将金卡向收银小姐一丢。那小姐皱着眉头看了半天，又与旁边的另一位小姐耳语了几句，便说了一声："不好意思，小姐，请你稍等一等……"

她立刻觉得没有面子，喝道："怎么？我这金卡是废的呀？你们这种态度，是不是不想做我们的生意呀？"

正吵着，警察掩了上来。

身份证上的名字的确与信用卡上的不同，但那又怎么样？这是我男朋友给他姐姐申请的附属卡，但交给我全权使用……

警察却不听她的解释，粗声粗气地说："这是人家报失的信用卡，你涉嫌冒用他人信用卡签账……"

原来，这张信用卡是阿明从一座大厦的信箱里偷来的。

祸福

乐极生悲。

在旺角闹市的人流中低头匆匆行走，在他脑海中闪现的，老是这四个字。

今天是元旦。元旦没有什么喜讯，只有坏消息。兰桂坊发生人踏人的大惨剧，死伤无数。

据说凌晨两点，电视台便有特别新闻报告这个消息，但他早已入睡。

还是一早打开报纸，他才吃了一惊。

本来他也约好了女朋友前往兰桂坊狂欢迎新年的，只是临时肚子疼，没去得成，想不到却救了他与女朋友两条人命。

倘若去了，谁能保证不成为冤魂？

所以，有时，塞翁失马，焉知非福……

正想得颠三倒四，忽然有个软绵绵的东西向他胸口撞来，几乎就在同时，他听到"噗"的声响，有什么重物坠地。

等他回过神来，那撞进他怀里的，赫然是个二十来岁的妙龄少女！

这一惊非同小可，他连忙退了几步。

一看地面，那是一部无线电话机。

他正张口结舌，不知该说什么好，旁边早已扑出一条大汉，当胸便揪住他的西装领口。

他连忙申辩："不关我事……"

"不关你事？难道关她的事呀？"那大汉吼道。

糟糕！恐怕要告我当众非礼少女，天！这可是跳到维多利亚湾也洗不清的罪名！

人群围观而来，却没有一个人仗义执言。他有一种绝望的感觉。那少女捡起无线电话机，按了几个号码，便哭丧着脸，对那大汉说："明哥，摔坏了……"

"你听见没有？你怎么赔！"那大汉气势汹汹。

他松了一口气。至少没说他非礼。赔就赔吧。现金、手表、金链……拿去好了。财去人安乐。谁教自己这么倒霉？

今天是元旦。逃过了兰桂坊大劫，总要破点财吧？

几千块换两条命，值得。

只不过，他仍觉得有受骗的感觉。

出头

最后期限就在眼前,再也没有转圜余地。看来老板态度强硬,不会退让。时间无多,再也不能细细斟酌了。丈夫也有些怨言:“你看看你看看,现在怎么办?玩玩我不反对,你那么投入干什么?人家躲在后面,你偏跑在前头冲锋陷阵,如今好了……”枪打出头鸟,谁不知道这个道理?但知道归知道,人却总不能在任何时候都那么冷静理智,我又不是圣人!看着他们在寒风中没日没夜地露宿,又没有什么人愿意出头,一盘散沙,我于心何忍……

起初,她也只是这一群人中躲躲藏藏的一份子而已。但他们都带着哀求的口气,对她说:“霞姐,你出面吧!群龙无首,怎么行?这样下去,我们迟早会垮……”才不到三十,已经给人叫什么姐了,也不知道是我老了,还是真的“有地位”?到了这步田地,再不挺身而出,说不定以后会被目为“千古罪人”,假如罢工失败的话。

面对公众面对传媒面对镜头的感觉,原来是这般新鲜刺激,怪不得那些大人物们乐此不疲,好像在拍戏一样。她也没有想到在一夜之间,便会成为城中街知巷闻的人物;难道成名也是冥冥中注定?

但虚荣不能掩盖胆怯,她知道自己已经给推上短兵相接的处境,不管愿意不愿意,老板肯定拿她当最大的打击对象。

她甚至准备被开刀。

但没有想到老板一声死期,她的“手下们”便有如树倒猢狲散,人人争着回巢。早知道如此不堪一击,我又何必“自作多情”?罢了罢了!这样的内外交困,再不竖起白旗投降,连饭碗也要砸烂,到那个时候,老公的聒噪,恐怕震都把我的头震裂!面子?面子无论如何都不像饭碗那么值钱。要求加薪不成，无端成为老板眼中的“麻烦人物”，她明明知道，即使复工，今后的日子也未必好过，但也只好先顾眼前了。一人做事一人当？她心事重重，可惜我顶多只是个“霞姐”，不是超人。

母　亲

今天是怎么啦?

骑摩托车的青年呼啸而去,驾跑车的青年也风驰电掣地驰过,一看就他妈的全是超速驾驶的!这世界变得怎么啦?简直就是乱了套!莫非当我们这些警员是透明的?他忿忿地想。

其实也不关他的事情,他又不是交通警察。但他就是气不过。现在社会上有些人对警员就是有偏见,动不动就把责任赖在警方身上。比如最近发生的那宗香港开埠以来最大的惨剧,明明是那帮年轻人胡闹一场的结果,但电视上访问民众,竟也有做母亲的指责警方人手不足,应变能力不够强……倒好像我们警察要对人踏人的意外事件负责似的。要是警察这么神通广大的话,我还他妈不如去当什么巨商的保镖,一本万利;何必已近午夜,还这样瑟缩在冬季的青山道街头巡逻?

何况警方已经尽力,派出一百二十多个警员去维持近两万迹近疯狂的青年男女的秩序,结果仍然好像以卵击石。意外每天都会发生的,事后当诸葛亮,谁不会?只有身历其境,才会明白那绝对是一场天灾人祸。那些失去孩子的母亲的悲痛,可以理解,但怎么可以怪罪我?那晚我就是那一百二十多个警员中的一位,我能不知道那情景?

无能为力,想要疏导人流,身子却不自由地给推推挤挤,连站的地方也没有,那种疯劲……

越想他的心绪越恶劣。

忽地,一辆私家车又从远处超速驶来。这条靓仔当我不存在?他跳到街面,示意来车停下。

那车子猛然在他面前煞住,从车子里跨出一位年约三十几的少妇,不等他开口,便冷冷地问:“你知道我是谁?”

他狐疑地望着她。谁？莫非是什么高官名流的太太？心已自虚了一半。

那少妇横了他一眼，吐出了一句："是母亲。"说着，便跨回车内，驾着车子绝尘而去。

扔下的话是："孩子发烧，急送医院！"他想反问，母亲又怎么样？我也是父亲呀！转念一想，假如来者是做父亲的，恐怕才没那么容易从他手中脱身呢！

减 肥

眼看闹市中的少女，几乎全都手抱着鲜花，偎在男朋友身边招遥而过，阿媚便恨极了这情人节之夜。

有什么比十八年华更令少女骄傲的呢？可是她却感受不到这青春的快乐。别人已经翻天覆地谈了多少次恋爱了，唯独她没有。那些男孩没有一个追求她，甚至当她对那一个稍表好感，也会把他吓得有多远跑多远。

只因为她太过肥胖。二百磅的体重，叫她看来好像一个怪物。

她知道，假如不能改变，恐怕就要一辈子如此这般下去了，她当然不甘愿。

她要恋爱，要嫁人，要生儿育女。

她只希望过普通人的生活。

但她现在不能。无意中她也听到过那些女同学私下讥笑她："……那么巨型，简直就是'相扑'选手啦。这样的身材，是男人都怕怕啦……"她只能把眼泪往肚子里吞。

照照镜子，左看右看，自己的长相也并不难看，甚至可以说还不错，只不过这体型实在……

必须痛下决心减肥。

振作起来到处打探，花精力花金钱花时间，全都不在乎，只要有效。

终于，马神医从天而降。一手交钱一手交货时，他对她说："看来你还算走运了，碰到了我。我这神奇减肥药，包你身材变得苗条……"

吃了一个月，体重明显下降，她暗暗心喜。

再过一个月，乖乖，一秤，一百一十五磅。怪不得镜中人显得又年轻又漂亮，她欢喜若狂。到了第三个月，怎么变得这样骨瘦如柴？

甚至停了药，还是不断地瘦下去；照那趋势，简直就会瘦到从人间蒸发了。她急忙往医院检查，结果发现，她的肠胃中，有长达二十英尺的绦虫。

原来，马神医的那些药片，是用胶粉和绦虫卵制成的……

困

他望着那三条大汉跨了进来，玻璃门在他们身后悄然关上。

这防盗玻璃门真好，他想，有了这一招，今后打劫案该大大减少了吧？

尤其是岁末，不知道从哪里冒出那么多的亡命之徒，动刀动枪甚至扔手榴弹。无法无天呀！

唯有自保。

忽然间，那三条大汉迅速戴上面罩，从怀里掏出手枪，高喝一声："全部蹲下，打劫！"

金行里立刻鸡飞狗走，尖叫声四起。

"呯"的一声，其中一条大汉向着天花板轰了一枪，大叫："谁叫我就杀谁！"

立刻鸦雀无声。

那大汉随手抓住在附近蹲着的阿May，喝道："把金饰取出来，快！"

他看到阿May脸色发白，抖抖颤颤地伸手入柜。那大汉嫌她动作慢，上前就用枪柄往她后脑一敲，阿May尖叫一声，往后便倒。

那大汉的枪口忽地指向他："四眼仔！你来！快！不然我不客气！"

性命攸关。他强压着恐惧，快快把金饰掏出来，装进指定的手袋里。我的脑袋抵不过一粒子弹，没理由要我为老板卖命，这帮劫匪没有人性，财去人安乐……

正想得惶惶然，他猛然被大力一推，跌坐在地上。他听得那大汉招呼两个同伙："撤！"

三人好像受过训似地扑出，但玻璃门却纹风不动。那大汉举枪便射，但有什么用？

这道防弹玻璃门，由电子遥控开关器控制。

眼看无法逃出，那大汉在盛怒之下，见人就用枪柄乱打，一面厉声呼叫："开门！开门！"

谁也不吭声。那大汉一伸手，抓住他的衣领，用手枪顶住他的头，目露凶光地喝道："你是经理吧！你说！遥控器在谁手里？不说就没命！"

他吓得脚一软。他当然知道是在那巴籍护卫员阿星袋里。但如果供了出来，阿星说不定会没命。

但自己更想活命呀，才二十五岁……

专　递

昨夜吻别时他那如火的热情，至今仍留存在她的嘴唇上，渗透到灵魂深处。

那是颤栗的时刻，叫她意乱情迷。

他在她耳畔喃喃了些什么？字字句句都在晚风中滑过，现在回想起来却记不起片言只语。

至少，在这个时刻，他是深爱我的。以他的性格，竟能这样“重色轻友”，也肯定经过无数次的心灵挣扎。

在他那友情与爱情的天平上，她成了胜利者。

她其实也无意伤害他的知交积奇，但冰冻三尺，非一日之寒。与积奇的分手，旁人看来，肯定认为她移情别恋；但两个人之间的问题，只有当事人才最清楚。

要是积奇与我不存在问题，他怎么能够一脚插了进来？不过，喜欢说三道四，加油添醋，甚至去充当“法官”的角色，原也是人性弱点……

何必去理会那么多？让他们去吱吱喳喳吧，只要他爱我，就算是全世界的人都与我为敌，那又算得了什么？

幸福甜蜜的浪潮，一波又一波地涌过她的心田。昨夜，假如昨夜他再大胆再放肆一些，她恐怕也不会做最后的抗拒了；但他在关键时刻却蓦地松开了手臂，长叹了一声：“走吧走吧，再不走，我不知道我会做出什么事情……”

果然是君子。只不过好像又太那个了。

她想到乱了章法，不觉羞热了脸，咬着枕头套偷笑，却又止不住四处张望，唯恐有人窥破她青春的秘密。

忽地，门铃大响，长长地划破了她这假期早上的清静，吓了她一跳。赶忙趋近防盗眼一望，门外一个年轻人叫道：“王小姐收货。”

这时她才省起，临别时，他暗示：“明天是你的生日……”想来这必是他请速递公司的人送生日礼物，给我一个惊喜？

没想到，从盒子里弹出来的是一条蛇。剧痛的同时，她眼前一黑，而积奇的面影也一闪而过……

夹　缝

驶过旺角闹市，灿烂的霓虹灯光照耀着那川流不息的人群。平时就很热闹了，何况眼下是年关？大概许多人都忙着办年货吧……

虽然自己仍要在这寒夜中兜客，但那热闹的灯饰，却也温暖了他的心。过年容易赚钱，但到时也该休息几天吧，何必呢，一年到晚的……他正想着，耳畔传来"噗噗"声，转头望向行人道，但见几个警察在追逐几个蒙面人。又是在拍什么警匪枪战片。

念头刚这么一转，忽见车头横站着一个持自动步枪的大汉。枪口直指他的胸膛，他急忙煞车，车门立刻被另一条大汉打开。

在枪口下他别无选择，唯有乖乖驾着车载那两条大汉亡命飞逃。

他明白这不是在拍戏，而是冰冷的现实。

稍微迟疑，恐怕连命都不保。啊呀何必偏偏选中我？他绝望地在心中哀叫，但手脚却不敢怠慢。前面有车子挡住去路，坐在他身边的那条大汉，便用自动步枪戳他的腰间，吼道："冲过去。"

那就闭着眼睛横冲直撞吧。枪口下的生命，可不是闹着玩儿的。

一阵剧烈的冲撞过后，车子猛然一歪，原来冲下了路坑。脑海里电光火石般一闪，还没有想清楚后果，他便拉开车门跳了出来，发狂似地鼠窜，唯恐从身后会飞来密集的子弹，他不自觉地边跑边回头，蓦然间他被人当胸一抓，随着惯性滚到路边，一枝手枪顶着他的胸膛，那人低喝："别动！差人！"

"咔"的一声，他的双手被手铐扣住了，而且迅速被塞进警车,“呜哇——呜哇”地开走了。

“这是怎么啦?”他纳闷地问道。

“怎么啦?你自己清楚!”坐在他旁边的一个警员喝道。

“我不是劫匪……”刚张口申辩,他立刻被几个人打了几拳。

天哪!警匪枪战,关我什么事?怎么到头来倒霉的是我?

躲过枪林弹雨的灵魂,又在冤屈的苦海中漂泊,窗外岁末的霓虹灯光,在他眼中也变得苍然无力。

走调的变奏曲

李医生的眼光灼灼地望了过来，忽地把头凑近一些，带着暧昧的笑容，压低嗓音问道：“老老实实啦，林先生，你到底有没有出去滚过？”

他一愣。滚？上哪儿去滚？

李医生的笑脸，好一副洞穿秘密的神色，直盯得他内心有些发毛。

“化验结果，有些发炎……”

那又怎么样？

“你要我给你治病，你就要合作，把真实情形告诉我，不然的话，我很难办……”

他不知道该怎么回答。这李医生的语气，已经一口咬定他必“滚”无疑，再去辩白，也终究难以说得清楚。但他还是软弱无力地说：“……没有哇……”

“这你就不对了……”

气得他几乎就要拍案而起：“我去滚？你在场吗？你有什么根据？”

但他还是忍住了，既然说不明白，干脆就认了：“是哪，我去滚了……”这样，这李医生该满意了吧？也该好好医病了吧？

待要开口，李医生却又说开了：“我不是想要探听病人的隐私，只不过为了治疗得更有针对性，只好这样。唆，肥佬明你认识吧，他就是不讲实话，结果白白浪费时间浪费金钱，害得我白费力气……”

他越听越觉得没有意思。他知道，假如不抛点“材料”出来，这李医生恐怕还会啰啰嗦嗦，不知道说到什么时候。算了，反正是来治病，顺着他一点，有什么要紧了？

“这就对了。”李医生双手交叉，那神情活脱在说：我早就看穿你，你别想瞒过我！

病总算给治好了，可是他总觉得周围的朋友老是用一种奇特的眼光看他，使他纳闷不已。

那天在学校门口碰到肥佬明，他劈面就听到那刺耳的笑声："林 Sir，想不到你为人师表，还这么……"

期

他在灯下沉思良久，终于铺好信纸，提笔慢慢写了下去。

是很艰难。但不能不写，也不知道他们会有什么样的反应？也不能想得太长远了，不然的话……

“……我找到了一位寻觅多年的女儿、妹妹、情人、妻子，对于这样一位可人儿，弃之不取，罪莫大焉。……”写着写着，他也有些迷糊了。罪莫大焉？是的，他这样认定。前半生已是荒废度过，又岂能让下半世的灵魂凄凉漂泊？可是，在他们看来，决定与阿娥离异，会不会才是“罪莫大焉”？

但阿娥也同意。

那晚，他关上房门，郑重地对她说：“……我不是说你不好，但我觉得你不适合我。大家拖了这么二十年，你辛苦，我也辛苦，我看……还是大家互相解放吧……你说呢？”

她不说一句话，过了五分钟，才重重地把头一点，说了一声：“好吧！”

声调不重，却毫不迟疑，本来他以为她定会哭闹一番，没想到竟是这么地冷静。婚姻犹如一根绳索，有理无理地把一个男人和一个女人紧紧捆绑在一起，一生一世；如果觉得痛苦，趁早解脱了，也许对彼此都好？人来到世上，也不过就数十年……也不免有些内疚，但大丈夫做事情，岂能拖泥带水？何况女儿都已自立，责任也尽了。

但他们却未必能够理解，这几个我极为珍视的老朋友们。

他们到底会怎么想呢？都已经五十多岁了，与阿娥离异，他们会不会说我抛弃发妻？与雯雯结合，他们会不会认为我临老入花丛？假如他们对我不屑，我就要失掉多年的情谊，真舍不得。但有雯雯在，一切重大损失，我也都承受得起。

他续写道："希望你们能够接受她。"

但他不知道，他们会不会如约依期相见。

投　邮

趁着夜色下楼，他在楼下那个邮筒边站立了半天。

忽然，他觉得路过的行人用诧异的眼光扫射他。他心一横，便把手中捏着的那封信丢进邮筒大张的口里。

他似乎听到那封信掉进信堆里的声音。再也没有回旋的余地了么？

她明天接到这封信，将会有什么反应？默默接受？大吵大闹？还是……想不清不想想不想问……

二十五岁了，他还是第一次写信呢。现代人士不要写信那么土气，电话太方便，提起就说，写来作甚？叫人家知道了，不笑到我面黄才怪！打电话？叫我怎么开口？难道就对她直截了当地说，啊呀真对不起，我已经……

说不出口。伪君子？也许。但我真的很难这样对她说，即使隔着长长的电话线，不必面对面……

写信最间接了，不必直接有什么接触，而对方的反应却可以有个缓冲的时间和空间。

既然非说不可，那就迟说不如早说。不然的话，鸡飞蛋打，到那时哭也无用。

这几天，Elaine 就再三逼我："……怎么样，要她，还是要我？一句话！男子汉大丈夫，婆婆妈妈干什么？你再不表态，我就不睬你了……"

女朋友，当然是后来居上，假如不是 Elaine 比她漂亮，他怎会这般没了主意？即使明知此举会重重地伤害她，他也已经顾不得那么多了。

提心吊胆苦候了三天，他期望她如信中所约来电话，干干脆脆对他说："好，我同意你的意见，分手！"电话铃声终于响起，他以为已到一刀两断的时刻，心中有种悲壮的欢喜，不料，她却笑嘻嘻地说："明天是周末，我们上哪儿去玩?”颓然放下电话,他忽然瞥见摊开的两天前的报纸有则新闻标题:“邮筒火警,信件尽毁”。细看内文,报道的竟是他楼下的邮筒遭人投掷未熄的烟头起火,时间就在他投邮后的几分钟。

海里怎会有鲩鱼

鲩鱼？那鱼贩一手把鱼按在砧板上，一手抓住一把刀，粗声粗气地说："没错啦！鲩鱼谁不爱吃？买回家去准保没错！"

最要紧是老婆大人满意，好不好吃倒无所谓，反正什么鱼他吃在嘴里都分不出有什么差别。

今晚她娘家的人来吃晚饭，一早就夸下海口："我出海去钓几条石斑回来！"

老婆乜斜着眼睛："你先别说得那么口响。石斑？你以为你真是神钓手呀？石斑那么容易钓？我看你也只配钓什么泥鲢回来！"她就是这个样子，不论我做什么事情，她都要泼冷水。偏要钓！钓回石斑来，看她怎么说？

天未亮就兴冲冲地离家出海去。

也不是头一次钓鱼，虽然没有必胜的把握，但他对战果不是完全心中无数。就算是倒霉没有石斑上钩，老着脸皮用泥鲢搭够，也算是一片心意了吧？

也不知道这天的大海发什么神经，钓到太阳西斜也只钓到清风海水。

简直就是刻意要大大地出他的丑。

那些人便可以放肆地说："……你看看他真没用！连石斑也搞不回来。阿莹你也真是，到底是什么东西迷了你的心窍，当初会嫁给他！"

有钱人家的女儿，真不好伺候。

垂头丧气地上岸，却也不想就这样当众败下阵来。苦思冥想，突然灵机一动：上菜市场去！鱼目还可以混珠呢，我尽管买几条靓鱼回去，天知道我是从哪里搞来的？说不定还会赞我能干呢！

放在水桶里提回家去，对着坐满客厅的众人只一扬，算是打了个招呼，便直奔厨房而去："老婆，我钓回来了！"

阿莹接了过来，一看，脸色忽地一沉："你出海出到长江去呀？鲩鱼明明是淡水鱼嘛，还说从海上钓来的！你老老实实交代，这一整天你溜到哪里去滚？"

完美是先天缺陷

她知道自己长得很美。

早在女子中学的时候，她周围的同学，便常常羡慕地说："……你这么漂亮，参加选美啦！历届香港小姐，也没有一个够得上你漂亮！"

她嘴上谦虚："哪里哪里，你这么说，我都自卑起来了……"

心里却大不以为然：选美？我看真正的美人，都未必参加什么选美！

但对于这种恭维，却也十分高兴。

没想到上了大学，那种被同性嫉妒，被男性追逐的感觉更加白热化。

她知道自己成了焦点人物，不由得深深感谢父母天生给了她这张俊俏的脸蛋和匀称修长的身材。与她同室的安妮几乎哀求着说："喂，你好心啦，彼得来的时候，你回避一下……"

起初她以为安妮只是希望享有两人的空间，便知趣地一口答应。成人之美，于自己又是举手之劳，何乐而不为？

没想到安妮的表情明显地不满意，但她暗想自己已经仁至义尽，别的也就无能为力了。安妮终于皱着眉头说："请你，对不起，请你不要再穿迷你裙，请你不要，不要把身材显露出来，好不好？"

咦，我穿我的，又没有犯法，你凭什么干涉我的人权，我怎么打扮也要过问？连我父母也不会这样霸道哩！

但安妮苦恼万分，她说她的男朋友变得有些异常："刚看到你，回过头来和我独处，他便会表现出狂野的热情……"

咦，他狂野他热情，与我何干？

安妮却说:“……他以前不是这样的。我知道为什么。他疯狂,只是因为把你代入到我身上罢了……”

她一惊,有这样的事情?她不肯相信。

忽然,学校方面找她谈话,那意思是说,男同学女同学都因为她而分心,问她是否可以……

她跳了起来,问了一句:“为什么?”

回答是:“你太完美了,与众不同,你就很难被人接受……”

她不知道这到底发生在哪个世纪。

演习死亡

当他挣扎着跑回家里时，在惨淡的灯光下，他看到应门的儿媳妇脸色惨白，大叫了一声，身子便往后倒去。

这是怎么啦？他纳闷地皱了一下眉头，却牵动脸部神经一阵剧痛。只见儿子的面孔闪了出来，又是一声惊呼，目瞪口呆地立在那里，动也不动。

莫非我的模样好像是鬼？被人痛殴……

眼看那木门似乎就要关上，他拼尽全力喊了一声："我是你爸爸……"

天旋地转，脚便乏力地瘫了下去。醒来时屋子里挤满了人，认识的，不认识的；男的，女的。倒好像来参观珍奇动物似的。

"爸爸，你还活着？"

这话问得太岂有此理！他都不想张口回答。真的好累好累……但警察的问话不能不答。我当然是活人啦，难道失踪了两天，就一定变成鬼了么？这是什么逻辑？

"那留在停尸房的，难道不是你？"

简直就是乱七八糟的问题！我赵振华虽然快七十了，但还没有想要死……

"你的家人认尸了呀！"警察说。

是他二十岁的孙子去认的。

孙子说："……面孔都给压烂了，认不清。只看到穿着阿爷的衣服，还有阿爷的身份证，我以为就是了……"

养了儿子又有什么用？去认尸这样大的事情，竟推三阻四说自己有天大的困难，只派自己的儿子代办，孙子与儿子又怎么会相同！警察继续盘问。

他说他遭到看来比他稍年长一点的人打劫，稍微不合作，就挨了一顿拳打脚踢，昏死过去。醒来发觉身在一处阴冷的地方，月黑风高，树木在哗哗作响。假如不是有善心而又怕事的过路人丢下衣服给他遮身，他也真不知该如何裸跑回家，这么山长水远！

终于查清真相：劫匪穿上他的衣服，竟在闹市给一辆飞驰的跑车撞得面目全非……他微颤的手端着过时的报纸，但觉自己好像已经死过一次。

捉拿自己人

贴街招？

贴就贴吧，中三的学生做暑期工，还能做什么？管他做什么，有钱收就可以。

那汉子说："……你要做的工作十分简单，只要拿这一叠街招到铜锣湾，贴完了，就可以收钱……"

这太容易了，他想，不过在闹市贴，也不知道警察会不会干涉？

"当然不会啦！"那汉子大笑，"你没见街上到处都贴广告吗？"

不过总要小心，就算警察不管，万一撞到同学，特别是女同学，不给笑到面黄才怪！传到学校里，以后就别想抬起头来做人了。抱着那叠纸在街上乱走，看着人群川流不息，只觉不论在哪个角落下手，都立刻会有炯炯的目光扫射过来，他不敢停留。这一点钱，真难赚！要是家里有钱就好了，不必这样辛苦……

但爸爸说了："……强仔，你可真要好好做人，不要误交损友，这个世界诱惑太多，钱谁不想要，不过可不能不择手段。也不要像你那衰鬼叔父一样，没钱还要烂赌，没钱就向高利贷借，简直不要命！"

怪不得爸爸好久都不跟叔父来往了，连他的样子，我也记不清了……

啊呀这风怎么越吹越劲？出来的时候都挂三号风球了，现在莫非已改挂八号风球？街上的行人疾走，店铺也纷纷关门。刹那间，熙来攘往的闹市，竟变得冷冷清清。前面一个招牌，砰然一声摔在人行道上，吓了他一大跳。一个念头在脑海一闪：四下无人，眼下岂不是天赐良机？

迅速将那叠街招摆开，他手忙脚乱地往那墙上黏贴。

贴完喘了一口气，才有心情看看内容，只见上面写着："欠债还钱！无业游民郭言堂，一周内速见财记①，否则后果自负！"旁边还有一张影印的相片，看来看去似曾相识。

他忽然想起他爸爸叫郭言清，啊呀，这个人，莫非就是叔父？

一阵风雨，打横劈在他脸上。

① 财记：指挂着财务公司的名义，实际在放高利贷的公司。

十一岁前没名字

那么，这个是生造的字了？

伟杰望着那个负责办身份证的女职员呆了半晌，讷讷地问。

那个穿着制服的女职员瞟了他一眼："当然啦！电脑都查不到这个字。"

电脑？电脑也不是万能的，也许漏掉呢？这个字，没理由不存在呀！

"你不信，我也没办法。但现在办不成。"女职员淡淡地说："我也不想的。但条例所限，很对不起。我也是奉命行事。"

这么看来，根本就没有什么通融的办法啦？难道不改就一定不行？

"除非你可以证明，这个字是存在的。"

怎么证明才有效？

"也不难啦，你去找什么字典辞典辞海辞源之类，只要找到这个字，那就可以证明电脑有缺漏。那我们就可以办了。"

他又气又急，但也没有其他办法。人家女职员有问必答，态度虽说不上和蔼可亲，但也已算是够耐心的了。虽然不满，他又觉得受到这种待遇，也不能无理取闹了。这女职员算是尽职。换了冷言冷语甚或是沉默不语，此时此地，他才难受呢。

还是要冷静。还是要遵照她的意见做。

要解决问题，不是去争什么一口气。

跑遍图书馆，耐着性子静下心来，就为着查那个要命的字。偏偏平生几乎就没翻查过什么字。吃力，眼花，头痛。恨不得马上就扑倒在桌面上昏昏睡去。放了一星期的大假，再也没有什么可翻查的字典辞典了，他终于颓然放弃最后的努力。

垂头丧气再去面对那女职员。

“没有吧？我不是太明白，名字只是个代号，换个字也没什么大不了吧？”

他苦笑。你有所不知，这孩子的名字，是出世时请相命先生起的，哪能轻易改动？

没料到相命先生自己造字。他孩子到了十一岁换儿童身份证，才被电脑揭发这事实；因为出生纸上的名字，只是职员手写的。

告别电话

“这回可真的要走了……”她的声音缥缥缈缈地传了过来，听得他一阵迷惘。“我知道。”他想这样说，但一时竟语塞。脑海里空荡荡地回荡着一句话，却抓不住具体的字眼。只有那回音，嗡嗡的，似真还假，似近还远……

心神恍惚，灵魂有如断了线的风筝，瑟缩在无际的天空。

“喂喂……”那个声音忽地又召他重返现实，定了定神，极力扮成轻松的口气：“哦，我在这儿听着呢，还没逃走……”

嘿嘿，逃的也不知道是他还是她？都无所谓了，哪个逃走又有什么要紧？反正有一个消失，也就不能构成故事——也不是没有故事，而是另一种故事了。

棕榈树在夏夜懒洋洋地歇息，当风吹来，便徐徐发出“沙沙”的声响；在那具中古情调的灯火映照下，看到微颤的枝叶，他的心情落寞。山下那七彩的世界顿时黯然失色，令他不知置身何处。昨夜已成了天涯，那种失落的感觉，是不是源于今天这命定的别离？抓住那最后的机会，他向她表达了那积存在心中的脉脉情思，但她却只是笑着，并不接过话题；问得急了，她也只是调侃几句：“……啊呀，这是十八岁的热情……”

也许他并不是期望从她那里获得什么允诺，当他说出那句话，只是因为抑制不住自己。他有些后悔，倒不是因为失态，而是自己似乎在无意中把一种朦胧的情意逼上冰冷的死角。她的反应，也大体在他的估计之中；以他男子汉的自尊，也觉得有些失了面子。又不是没有异性喜欢我，我又何必这样作贱自己？但回心一想，他却不悔。原来就不抱什么希望，只不过倘若不说出自己的心事，他便觉得不安宁而已……

他木然放下电话,也不知道她最后说了些什么。只有她的笑声清脆玲珑依然,不断轰响在他的脑海中。他仿佛看到,她离去的背影,渐渐朦胧。

后记

一方小说天地

陶然

上世纪九十年代初，应《星岛日报》之约，写小说专栏。因应报纸的要求，其中有些是魔幻类型，这于我是个挑战，因为此前我虽然也写过故事新编，但大部分是写实人生。

要从现实生活，转向魔幻世界，当然有一个适应过程。

现实社会是活生生的，有目共睹。也正因为大家都身在其中，写出来的小说，虽然并非社会实录，但仍须合乎世事人情，所谓“意料之外，情理之中”，小说结局再惊奇，也都必须有合理的“布局”或“线索”；人人都可以根据自己的生活经验，做出判断，小说能不能说服读者，端的是考究作者写作的真实性。从这个角度来说，难度相对比较大。

现实与魔幻，毕竟是两个不同的范畴，一是凡间，一是灵界，也许我们不必用阳界阴界来形容，但一明一暗，却是无比清楚。尘世间的万物，看得见摸得着，而灵异界的东西，恐怕只是听闻而已，也正因为从未接触过，于是便带着几分诡秘几分悬疑几分窥探的好奇几分难解的恐惧，充满探险的诱惑和刺激。当然，也并非完全是自寻烦恼，虽然科学发展到今天，堪称昌明，但也不必否认，世上还有一些怪异事物，连科学家也不能合理解释，于是留下让人发挥想像或者杜撰的空间。而对于写小说的人而言，这正好提供了一种写作的可能性。

都说画鬼容易，那是因为画者可以凭着自己的主观想像，塑造自己心中的“鬼”，而不必求证于大众的眼光；别人之难以质疑，缘自公众心目中并没有标准答案，无法做出比较或者判断。小说一写到魔幻世界，轻巧之处是可以天马行空，不必事事处处拘泥于生活现实，但是即使如此，也还是要顾及艺术的真实，还要顾及人性的因素，如果完全与人间抽离，小说写来何用？

要从写实空间移位魔幻世界，首先必须克服心理障碍，因为那故事虽然“莫须有”，但一旦下笔，心中却必须成竹在胸，全身投入；如果连自己也狐疑，怎能期望读者信服？

跳出眼下现实人生，超脱凡俗生活，试试用“第三只眼睛”，去“透视”人间以外的故事，是一次“灵魂冒险”的旅程。当然，有时想要自圆其说，并不容易，毕竟那是“另一个世界”的东西，跟人间生活相去甚远。但是，不论是香港的传媒，还是口头流传的传说，也都有许多影影绰绰的东西若明若暗地浮动，可供发挥的天地并不狭小，个人想像便能够插上翅膀漫天飞翔。正因为不必太过泥实，自由度相对便扩张许多。

说是表现魔幻世界，其实只不过是借壳而已。故事再离奇，主角再诡异，其实我想要表达的，依然是现实人生。人性的表露，世态的炎凉，即使在“阴间”，恐怕也还会继续上演种种不同的故事。

终究，我的这些魔幻世界的小片断，是写给在太阳和月亮底下生活的人们看的。

2004年6月3日，香港